Meu Querido Brasil

minhas memórias de Getúlio, JK, Lula, Dilma
e outros democratas

Meu Querido Brasil

minhas memórias de Getúlio, JK, Lula, Dilma e outros democratas

R. Saturnino Braga

alameda

Grafia atualizada segundo o Acordo Ortográfico da Língua Portuguesa de 1990, que entrou em vigor no Brasil em 2009.

Edição: Haroldo Ceravolo Sereza/ Joana Monteleone
Editora assistente: Danielly de Jesus Teles
Projeto gráfico, diagramação e capa: Airton Felix Silva Souza
Assistente acadêmica: Tamara Santos
Revisão: Alexandra Colontini
Imagem da capa: Foto feita do bairro de Camboinhas, Niterói, RJ. Guto Rocha, Wikimedia Commons.

CIP-BRASIL. CATALOGAÇÃO NA PUBLICAÇÃO
SINDICATO NACIONAL DOS EDITORES DE LIVROS, RJ
B795m

Braga, R. Saturnino
Meu querido Brasil : minhas memórias de Getúlio, JK, Lula, Dilma e outros democratas / R. Saturnino Braga. - 1. ed. - São Paulo : Alameda, 2019.
118 p. ; 20 cm.

ISBN 978-85-7939-636-6

1. Brasil - Política e governo - História. 2. Memória - Aspectos sociais. I. Título.

19-60807 CDD: 320.981
CDU: 32(81)

Editora filiada à Liga Brasileira de Editoras (LIBRE) e
à Aliança Internacional dos Editores Independentes (AIEI)

ALAMEDA CASA EDITORIAL
Rua 13 de Maio, 353 – Bela Vista
CEP 01327-000 – São Paulo, SP
Tel. (11) 3012-2403
www.alamedaeditorial.com.br

Sumário

7 I. Do nome deste livro

15 II. Getúlio e nós

29 III. O pequeno Roberto Marinho

35 IV. O atraso da elite

43 V. A lição de Celso Furtado

51 VI. Fui músico, bom músico

61 VII. Tempos de embates

69 VIII. Barricadas institucionais

77 IX. Um desenvolvimento estreitado

85 X. Apologia das ciências

89 XI. Brasil, potência da paz

97 XII. Vivi e amei, sou brasileiro

103 XIII. Pelas ondas do rádio

109 XIV. Dos meus amores

Lula carregado por apoiadores após missa no Sindicato dos Metalúrgicos do ABC, em São Bernardo do Campo (SP), em 7 de abril de 2018, poucas horas antes de ser preso. Paulo Pinto/Fotos Públicas.

I. Do nome deste livro

Durante mais de dez anos seguidos, depois de concluir o meu terceiro mandato de senador do Rio, em 2007, escrevi semanalmente um *Correio Saturnino.*

Para mim, cada um era como um poema político, uma síntese semanal do meu coração que pensava, que pensava com amor e admiração o Brasil, o meu País.

Para os outros era um artigo, que eu enviava a cerca de 500 amigos, versando sobre temas da pauta política, ou cultural, ou meramente afetiva do meu País, o meu Querido Brasil.

Um deles, aliás, dos últimos tempos, no qual falava da ultrajante prisão do Lula, levava o título "Meu Querido Brasil".

E então pus na cabeça a ideia fixa de ampliar aquele artigo, desenvolver seu conteúdo, e escrever um livro com o mesmo título.

Um livro, decidido, um livro.

Mas as pessoas não leem mais livros: com o hábito do cinema e da televisão, as circunvoluções do cérebro humano tomaram outra conformação, e só se lê, hoje, em busca de informação rápida e objetiva, coisa de autoajuda, ou então grandes reportagens.

Não faz mal, um há de ler, um amigo, e comentar no almoço, suscitar talvez a curiosidade do outro, ou fazê-lo pensar sobre o tema, sobre o Brasil, em outra pauta mais elevada, em clave de sol, numa frase quem sabe mais melodiosa, não mais o cantochão desgracioso dos maçantes.

Depois, repensando a tonalidade, um tom maior, nunca menos, achei mais adequado falar do Amigo Brasil, considerando tudo o que ele, meu País, me havia dado, de oportunidades e de bênçãos, de conhecimento, de afetos e belezas vivas.

De momentos benfazejos:

Meu Amigo Brasil, que me deu tanto.

Gostei do título, ó benquerença, gostaram também meus amigos, e resolvi então me sentar e começar a escrever, todo dia, uma sequência de textos sobre as várias feições deste Meu Amigo Brasil, e minhas relações com Ele em vários dos meus tempos e escalas.

Dos meus queridos tempos que lá se vão, vão, vão, vão sem parar e me chamam.

Quero, então, quero sim, falar deste tempo aos brasileiros, que me entendem tão bem, me entendem como eu os entendo, falamos a mesma língua brasileira solerte e refinada.

E temos a mesma História, a mesma Política, o mesmo jeito brasileiro de ser, aí mora nossa vida nacional, o jeito de ser, a capacidade de enfrentar problemas intrincados sem perder o humor,

Sem perder jamais o toque humano e feliz do humor; de resolver conflitos com conversa e entendimento, sem violência, no estilo do grande Barão que edificou o Itamaraty, senhor dos mapas, que traçou os limites precisos de uma Nação que só foi à guerra uma vez, no meio do século XIX, para enfrentar um fascismo militarista sulamericano que nos agrediu e fechou o Rio Paraguai, o acesso às terras do oeste do nosso território.

Sim, está bem, outra vez, foi ontem, eu vi, no meio do século XX, depois de agredidos com afundamento de nossos navios, oh, o Baependi e desta vez contra o nazismo que ameaçava toda a Humanidade.

Ameaçava mesmo.

E foi por um desejo do povo, disto eu me lembro bem, desejo do povo de entrar naquela guerra, lutar nela.

Do lado certo, porque houve hesitações dentro do governo.

E aqui, neste ponto delicado, devo lembrar desde logo dois grandes nomes brasileiros: Oswaldo Aranha e Amaral Peixoto.

Houve comícios pela guerra contra o nazifascismo: em Niterói, do Amaral, o único país latino-americano, o único país que enviou tropas, sem ter nenhuma ligação de dependência ou privilegiada com qualquer dos beligerantes principais. Foi agredido, sim, com os torpedeamentos. Mas lutou pela Humanidade; pelo interesse da Humanidade. Da Democracia. Da Liberdade.

Devia ter uma cadeira permanente no Conselho de Segurança da ONU.

Por critério. Por Justiça. Por merecimento.

Mas Franklin Delano Roosevelt já havia morrido. Em seu lugar assumiu o Grande Capital. Que nos despreza.

Aquela, para nós, foi uma guerra justa que eu vivi menino, de muito longe, claro, mas vivi e vibrei; nas conversas de domingo na casa do meu avô de mãe, que reunia a família, pais, tios e avós, oh que bom, a família, o imo e o gosto da nossa consciência. Conversas que me interessavam e eu escutava com atenção – o menino ouve tudo. Conversas que versavam sobre política, com posições divergentes, discussões azedas e doces, razões, versões, preferências que se iam formando, caladas, no menino; conversas que, durante a guerra, versavam principalmente sobre ela mesma, a guerra, começo, meio e fim: a blitzkrieg alemã invencível e o fiasco da França, do grande Pétain de outros tempos; a resistência heroica dos ingleses e a figura forte e admirável de Churchill; sim, e mais, a virada russa, ninguém falava União Soviética: Stalingrado, nas margens largas do Volga, meses e meses, de um lado e de outro, até a vitória arrasadora, a Wermacht verdadeiramente destroçada (spassiba, tovarich, harachô – Drumond, depois).

Parecia a virada da guerra.

E era.

Ganhamos. E chorei, oh, muito, chorei de emoção patriótica, muito mesmo, com minha mãe, meu irmão e até meu pai, como choramos no desfile dos pracinhas, desfile todo desorganizado pelo júbilo incontido de fraternidade gloriosa, na chegada dos pracinhas da Força Expedicionária Brasileira, a FEB, que haviam combatido na Itália. Com honra, com coragem, com vitórias.

Bem, volto ao que falava – deste jeito brasileiro de usar a inteligência para corrigir a rigidez muitas vezes confusa e inumana das leis, tantas leis, um jeito jeitoso e aberto, cheio de sensibilidades e delicadezas, cheio também de sol e claridades, clarividências do nosso ser.

Falar aos brasileiros principalmente, oh, sim, claro, é o meu objetivo; mas quero falar também aos portugueses, tanta coisa do Brasil mais íntimo veio com aquela bravura estuante de força e aquela criativa engenharia do mar: a ciência náutica portuguesa incentivada pelo Infante D. Henrique,

que deu início à grande Revolução Científica do Ocidente e ao conhecimento do mundo, o pulso inicial ao enriquecimento do ocidente europeu; dado pelo Português, que veio, também, com aquele falar poético apaixonante e insuperável, no épico e no lírico, Luiz Vaz, mas não só, Sá de Miranda também, quando eu, senhora, em vós os olhos ponho...

Falar também aos angolanos, irmãos de dois lados, aos moçambicanos, guineenses, claro, até aos timorenses do leste, como aos uruguaios e argentinos também, oh, que vizinhos tão chegados nós temos, há uma unidade forte entre nós, desde o reconhecimento dos ocultos interesses estranhos, encapuçados, que fomentavam a rivalidade idiota; interesses que nos chamavam, cada um separadamente, a olhar em direção ao mundo rico, sem nos olharmos primeiro entre nós pobres, nós mesmos.

Rivalidade agora amistosa e brincalhona, no futebol, cada um é melhor do que o outro, Pelé, Maradona, Obdulio Varela...

Bem, de verdade, confesso, quero falar ao mundo.

Que ousadia arrogante, quem sou eu, um brasileiro que ama e admira seu povo e seu país correntemente depreciados, muito injustamente depreciados pelo seu singular gosto pela vida, pelos seus alegres e animosos impulsos de vida, por vezes levemente irresponsáveis, daquela irresponsabilidade sadia e inteligente ,brasileiro, sim, que deseja que Ele (seu País) seja visto pelo mundo como uma nação da Paz e de Inteligência humanística, uma Potência da Paz.

Brasil Potência da Paz.

Eis, finalmente, o título definitivo este é o nome do nosso desenvolvimento, nada de PIB nem de mísseis, pelo amor de Deus.

Discutimos permanentemente este caminho, na inspiração do nosso patrono Celso Furtado, nosso maior brasilianista: todo ano o Centro Celso Furtado organiza um grande debate sobre o tema: Qual desenvolvimento? E a cada ano o projeto brasileiro se nos vai mostrando mais claro: a Ciência Amazônica, a ciência da vida, a biotecnologia, a redução drástica das desigualdades imorais, a democracia aperfeiçoada e consolidada – Brasil Potência da Paz!

A inteligência do povo e da Nação, o gosto e a sabedoria de viver e conversar, o humanismo espontâneo e profundo, sim, profundo, entranhado nas células de nossa gente ensolarada, o amor, sim, que me desculpem o enfado da repetição, mas: Brasil Potência da Paz!

Quero falar sobre isto: ao Brasil, a Portugal, a Moçambique e Angola, à África, à Argentina, ao Uruguai, à nossa Latinoamérica: vivenciemos nossa vocação, sejamos, juntos, uma grande Potência da Paz!

Quero falar ao mundo: é aqui, nesta imensa e clara e bela esfera planetária, que vamos viver, para sempre, neste lindo e luminoso planeta, redondo, não há saída, e temos agora mesmo gerações que virão; cultivemo-lo, pois, conscientes, com humildade, sabedoria e responsabilidade, cultivemos o trato amoroso do nosso belo planeta. reverberemos novamente, agora com mais ciência e mais horror, o Velho do Restelo:

"Ó glória de mandar, ó vã cobiça!"

Temos que acabar com as guerras! Exterminar este projeto embuçado e disparatado, louco, abstruso, de diminuir a população do mundo pela matança guerreira, para continuar consumindo.

Só o Brasil pode.

E há de.

Paz!

Amigo Brasil, Potência da Paz!

Presidente Getúlio Vargas e o governador de Minas Gerais, Juscelino Kubitschek, na inauguração da Mannesmann em 1954. CPDOC-FGV.

II. Getúlio e nós

Escrevia, ia escrevendo por impulso.

Era preciso.

Que impulso?

De uma consciência ou melhor de um sentimento, não só de uma razão.

Impulso de um ser: sou fortemente brasileiro e quero.

Sei o que é, posso não encontrar as palavras porque os significados são imprecisamente delineados: viveu há tempos um grande filósofo que se curvou sobre esta questão a vida inteira, acho Wittgenstein, coisa assim, fez e refez suas palavras, tinha uma irmã belíssima, retratada por um pintor competentíssimo, chamado Klimt, Gustav Klimt, acho.

A gente se expande nos encadeamentos e finda se perdendo no tema.

Volto: meu país.

Eu, o povo brasileiro na medida da vivência: lembranças e referências e episódios que sempre me assaltaram, me agrediram e me acariciaram no meio do texto que se criava por si mesmo.

Um puxa o outro e se sucedem, episódios mais marcantes, por vezes hediondos, pesam e descem mais ao fundo, aqui e no mundo à volta, ó glória de mandar, ó vã cobiça, golpes, assassinatos: Salvador Allende do Chile, e seu embaixador Letelier explodido dentro do carro nos EEUU. Jacobo Arbenz da Guatemala, Omar Torrijos do Panamá, Jaime Roldós de Equador, Getúlio e Jango do Brasil… Horror.

Getúlio Vargas foi minha infância.

Foi o suporte de toda a minha vida política.

Foi o edificador da República do Brasil: Ministério da Educação, Ministério do Trabalho, Ministério da Saúde, IBGE, DASP, Siderúrgica Nacional, Fenemê, BNDE, Petrobras, Eletrobras, CLT, concursos públicos, Gustavo Capanema, Oswaldo Aranha, Tancredo Neves, Amaral Peixoto, a FEB, a Carta Testamento, oh, meu Deus!

Getúlio Vargas!

A invenção do Mar de Lama veio de lá, do Norte, de onde sempre vem, o tiro no coração, ali no quarto dele, o caráter, a emoção de minha mãe ao me dar a notícia de manhã cedo, Roberto, Getúlio se matou!

A fila quilométrica do povo para ver o corpo, eu entrei, rolei mais de duas horas e vi, jovem, eu vi.

E nunca me esqueci.

João Goulart foi bem depois, vi ainda mais de perto, a Guerra Fria, Kenedy versus Kruschev, a revolução cubana, Fidel Castro, Ernesto Guevara, os mísseis, a tensão internacional, e então o veto militar, Jango não, Jango não pode, a negociação de Tancredo, o plebiscito e o Ministério Seleção Nacional: San Tiago Dantas, Celso Furtado, Tancredo Neves, Eliezer Batista,

João Mangabeira, Hermes Lima, José Ermírio de Moraes, Antonio Balbino, Evandro Lins e Silva, Amando Monteiro, Hélio de Almeida, Waldir Pires, Darcy Ribeiro, Walter Moreira Sales, Carvalho Pinto, Virgílio Távora, Araujo Castro, Almino Afonso, Wilson Fadul, oh meu Deus!

De nada adiantou.

O padre deputado mineiro gritando na Câmara, no meio dos debates: Armai-vos uns aos outros! Eu vi. Ouvi.

A Inteligência da CIA e os fuzileiros a bordo na costa.

Eu, jovem deputado federal, vi. E participei.

Vinte anos de ditadura militar, os assassinatos, meu amigo Rubens Paiva, a tortura, o aprendizado com os mestres americanos, os "suicídios" do jornalista Vladimir Herzog e do operário Manoel Fiel ("enforcado" com uma meia!), o General Ernesto Geisel, a demissão do General Ednardo e a decisiva deposição do Ministro Frota, a abertura lenta, gradual e segura, e o outro lado, o desenvolvimentismo, o Ministro Severo Gomes com Paulo Belotti e Bautista Vidal, a indústria brasileira, o programa do álcool, a Embrapa, a Nuclebras, a COBRA depois aniquilada.

A assassinato de Juscelino Kubitschek.

OH!

O líder mais querido do Brasil!

Crime hediondo.

De tresloucados que mandavam; depravados. Desses que caçam comunistas. Que só pensam em caçar comunistas.

Vida estúpida.

Matar comunistas. Brasileiros.

Como mataram.

Nem sabem o que é o comunismo.

Para mim, mataram o Grande JK!

Que nem era comunista.

Mataram e se esconderam.

Para mim, Jango e Lacerda também, a Operação Condor.

Digo e repito: para mim, na minha opinião. A História decidirá.

Eu, jovem senador do Rio de Janeiro, vi, ouvi, cheirei, senti.

E participei; o que podia fazer contra as armas que matam, armas feitas para matar, manejadas para matar: o MDB, Ulisses Guimarães, Tancredo e Tales Ramalho, companheiros de meu pai no velho PSD, chamaram-me, fui vice-presidente e participei do grupo.

Crescia a resistência; visitei o sindicato dos metalúrgicos e conheci Lula, o grande líder dos trabalhadores que ascendeu meteoricamente e comandou a histórica greve do ABC. Que fundou o PT, o Partido dos Trabalhadores, que não se juntava aos velhos trabalhistas, socialistas e comunistas. Era puro. O único puro. Desconfiávamos que era cria da CIA para implantar o sindicalismo de resultados e sufocar o sindicalismo político dos comunistas.

Mas cresceu verdadeiro e realmente se impôs. E Lula findou sendo o maior líder político do Brasil. Verdadeiro, reconhecido em todo o mundo. Especialmente no grande mundo brasileiro

Foi eleito e reeleito Presidente da República e, no poder, realizou, pela primeira vez na História do Brasil, sim, pela primeira vez, uma política de redistribuição de renda, de efetiva valorização do emprego e dos salários. O Brasil, durante o período do seu governo, foi o único país no mundo que conseguiu redistribuir a renda em favor dos trabalhadores (!). Sim, o único. E pela primeira vez na sua História.

Sim, pela primeira vez!

Foi. Ninguém tira.

Bem, neste entretempo, fui eleito prefeito da cidade do Rio de Janeiro. Fui o primeiro prefeito eleito pelo voto direto na história do Rio.

Que orgulho.

Estava já então no PDT, reeleito senador, convidado por Brizola, depois que deixei o PMDB, insatisfeito com a volta de Chagas Freitas.

A cidade estava semifalida, como aliás todos os municípios, que tiveram suas receitas amputadas pelos militares em 1966. Resolvi então inovar na gestão: fazer uma gestão profundamente democrática, uma gestão participativa, chamando a população organizada a participar. Falei com Jó Resende, que era o grande líder do movimento das Associações de Moradores no Rio, que estava no auge de sua organização. Convidei-o a ser meu vice para organizarmos, juntos, este novo governo. E ele topou! Grande figura, Jó Resende, em todos os sentidos. Brizola, o grande líder, compreendeu e apoiou: também gostava de Jó, que era um enorme reforço para o PDT.

No começo foi uma pauleira, mas os Conselhos Governo-Comunidade acabaram se impondo e funcionando muito bem.

E o êxito da Administração Socialista foi ganhando a opinião, mesmo com a oposição cerrada do Globo. E foi assustando o Capital. Imagine, este prefeito se elegeria governador e levaria esta nova gestão para o Estado. Imaginem!! Os companheiros do Rio Grande do Sul começaram a colocar placas: PSB – Presidente Saturnino Braga.

Imaginem!!!

Algo tinha de ser feito para liquidar politicamente aquele prefeito e sua ousadia.

E foi feito.

O Poder Central, que mandava mais que o Presidente Sarney, deu ordem ao Ministro Maílson da Nóbrega, da Fazenda, para que o Banco Central (Elmo Camões) passasse um telegrama a todos os Bancos do País, proibindo-os de fazer qualquer novo empréstimo para o município do Rio de Janeiro.

Só para o Rio.

Proibindo-nos, assim, de fazer qualquer rolagem da dívida do Rio; obrigando o município a pagar toda a dívida de uma vez. O que seria, evidentemente, a falência do Rio e a desmoralização do prefeito.

Obviamente.

O Globo deitou e rolou e a mídia em geral o acompanhou: o prefeito, honesto mas incompetente, faliu o Rio.

Millôr Fernandes, mito, fez uma charge que consagrou esta versão.

Vingou-se: eu não atendi o seu pedido de negar a licença para a construção do Tiffany's, que estava dentro da lei mas tirava sua vista para o mar.

Saí linchado e arrasado, passei quatro anos deprimido. Conhecendo definitivamente como é a Política.

A guerra política.

Comecei então a escrever; lembrei-me de que escrevia quando jovem e gostava muito, gostava de escrever e também do que escrevia – havia publicado dois livros de histórias curtas, estimulado por meu tio querido, Antonio, que era o meu líder cultural e político.

Retomei então aquela atividade, e gostei tanto que adquiri o hábito de escrever todo dia, com o propósito de ser um escritor, aquele que escreve todo dia.

Publiquei uns quinze livros até hoje: meus amigos Alfredo Machado e Sérgio, seu filho, me atendiam e eu tinha uma grande editora: a Record.

O germe da política, entretanto, ainda estava no meu sangue, e meus amigos me empurraram a me candidatar à Câmara Municipal do Rio. Elegi-me vereador até com boa votação, mas fui relapso no exercício, não gostava daquilo, e perdi a reeleição. Meu amigo Jorge Roberto Silveira, grande prefeito de Niterói, me chamou então para criar uma secretaria de desenvolvimento em Niterói.

Fui e recuperei meu ânimo. E finalmente me elegi, pela terceira e última vez, pelo PSB, senador em 1998, até 2006. Era o meu propósito: voltar ao Senado e encerrar.

Nesta derradeira eleição, tive como concorrente um dos grandes mitos (com justiça) da vida política brasileira: Roberto de Oliveira Campos, meu adversário de ideias políticas, o grande líder do liberalismo brasileiro, meu benfeitor de outros tempos, minha grande admiração, pelo seu talento e pelo seu caráter.

Foi a campanha mais bonita e mais ética que já se fez no Brasil em todos os tempos.

Ele me ganhou por pouco no município do Rio (eu venci na zona oeste) e perdeu longe no antigo Estado do Rio, no interior e nos municípios do Grande Rio.

Fui eleito.

Ele deprimiu. Morreu pouco depois.

Pena! É a política.

Já tinha matado meu pai; matei então meu benfeitor.

Vale um registro, devo fazê-lo: o PT, na minha gestão na prefeitura, me fez uma oposição implacável, especialmente dura e oportunista no momento da falência. Chegou a mover um processo de expulsão dos três petistas que participavam da minha gestão: Sergio Andréa, José Eudes e Chico Alencar.

Em 2002, entretanto, eu já era senador pelo PSB, quando este meu velho e querido partido, o partido do coração, resolveu, também oportunisticamente, (um conchavo em Pernambuco) apoiar a candidatura de Garotinho à presidência da República. Indignado, querendo apoiar Lula, certo do tipo de governo que ele faria, deixei meu velho e querido partido e me filiei ao PT. Para apoiar Lula.

Terminei, satisfeito, meu terceiro mandato de senador em 2007, já resolvido a não mais me candidatar.

Dediquei-me definitivamente à literatura e aos meus artigos políticos semanais, meus Correios.

Foi quando se deu o golpe de 2016, a deposição da nossa honrada Presidenta Dilma Rousseff; que nunca cometeu crime nenhum em toda a sua vida.

Deu-se o golpe, desavergonhadamente.

Inconstitucionalissimamente!

Mais um golpe! O terceiro que eu testemunhava, depois de Getúlio e Jango. Mais um golpe contra o Brasil, que começava a ficar importante no mundo!

Esta a razão do golpe.

Com a espionagem sobre a Petrobras e sobre a própria Dilma, a CIA, e a National Security Agency, arquitetando a campanha do Aécio Cunha (muito mais do que Aécio Neves) para ganhar pelo voto, como tinham conseguido na Argentina.

Perderam no Brasil, subestimaram a inteligência brasileira: subestimam sempre, puro preconceito arraigado pelo mundo onde eles mandam.

Dilma Rousseff em visita à Escola Nacional Florestan Fernandes (MST), em 11/06/2018. Foto: Leonardo Fernandes/Brasil de Fato.

Tinham então que apelar para o golpe; o Brasil estava crescendo demais e mostrando as vergonhas deles, deixando de ser quintal para ocupar o seu lugar próprio, liderando com naturalidade a emancipação da América do Sul. Che Guevara. Lázaro Cárdenas, Getúlio Vargas, Salvador Allende, Pepe Mujica, Evo Morales. Nomes com Bela História. E havia outro brasileiro especialíssimo, competentíssimo, perigosíssimo, reconhecido como o líder novo do Brasil Potência da Paz. Um nome simples, do povo: Luiz Inácio Lula da Silva.

Não podiam matá-lo. Não dava mais, depois da ferocidade, da barbaridade atroz, difícil, senvegonhíssima do assassinato de JK.

Era preciso prendê-lo.

Olha aí.

Já havia a experiência exitosa do Paraguai – o golpe judiciário; não foi difícil transplantá-lo: tinham O Globo.

Ferveu minha indignação de velho.

E logo me vinham outras lembranças mais antigas que me atropelavam, me derrubavam mesmo, prostrado quedava por alguns minutos, levantando-me devagar a respirar por um tempo de quietação, até recuperar o encadeamento correto das ideias e das palavras balburdiadas pela emoção, a emoção da minha vida, vivida no amor e na política; na família cultivada com deleite e com propósito, e na luta pela minha versão do Brasil, na discussão e na votação pelo desenvolvimento qualitativo e pela felicidade do Meu Querido Brasil. Pela Democracia e pela Paz; Brasil Potência da Paz! Rio de Janeiro, capital da felicidade modesta e inteligente

Lembro-me de muita coisa que cabe aqui, e vou buscando concatená-las.

Exemplifico: eu tive a ventura muito especial, de verdade, ventura de viver minha juventude, recém-casado, nos anos cinquenta, no Rio de Janeiro, durante o auge do seu esplendor, às vésperas da inauguração de Brasília que lhe tirou o trono e a coroa.

Vivência realmente muito especial: a praia ensolarada e a noite serena, segura, amigável, a Bossa Nova na arena da UFRJ, João Gilberto, Tom e o grande Vinicius, dissonâncias e batidas novas, beleza cantante e muita poesia pelo ar. O Beco das Garrafas na Duvivier. Tempos. Getúlio e JK, evocações de grandezas distinguidas no imediato, Lacerda e Negrão de Lima neste mesmo chão, Guimarães Rosa e o *Grande Sertão*, Nhorinhá, puta e bela, Prêmio Nobel, deveria, as grandes companhias de ópera, Giuseppe Di Stefano, Renata Tebaldi, melhor do que Maria Callas, Salvatore Bacalone, o teatro de Maria Della Costa, de Tonia Carrero e Paulo Autran, os filmes inesquecíveis *Cantando na Chuva, Quanto mais quente melhor* (oh, Marilyn, a graça), *Morangos Silvestres, Matar ou Morrer, A Ponte do Rio Kwai*, venturas sim meu Deus, quantas o Rio oferecia, a caipirinha aparecendo, a casa rosada da Rua Alice, as mulheres lindas, venturas, venturas do Rio no tempo, quem não as teve, nunca mais.

Lembro mais os momentos da política, que foi o interesse maior da minha vida. Mas lembro outros importantes, o remo, o Botafogo, a ciência, a física, a música, o canto, a paixão da voz, merecida, a escrita, a filosofia, a engenharia frouxa em Arraial do Cabo, o concurso do BNDE, tudo isso de ressalto, tudo isso, mas fui mesmo um político a vida toda, desde antes de 1962, ano em que me elegi, milagrosamente, deputado federal. Pelo Partido Socialista Brasileiro, como eu queria!

Exultate!

Levar ao parlamento brasileiro o saber desenvolvimentista do BNDE.

27

Presidente João Goulart inaugura duas turbinas na Usina Hidrelétrica de Três Marias, em 1962.
Arquivo Nacional.

III. O pequeno Roberto Marinho

Nunca me arrependi da minha inocência, um outro nome da felicidade.

Fomos para Brasília, ainda rubramente poeirenta, eu, Eliana e Bruno. Com idas e vindas uns bons vinte anos ficamos por lá, depois com Antônio, Maria Adélia, e a tristeza no fundinho, o Joãozinho que podia ter sido e não foi.

No dia 12 de setembro de 1963, no meu primeiro ano de deputado, a Capital foi tomada pelos sargentos! Prenderam os oficiais e tomaram a cidade.

Ó meu Deus, isto não vai dar certo!

Eu fazia trinta e dois anos no dia seguinte e já era deputado federal. Com minha inexperiência, minha inocência e minha sensibilidade: aquilo não ia dar certo…

E não deu outra: "Armai-vos uns aos outros", gritou o Padre Vidigal, deputado mineiro na Câmara.

Era o clima.

Jango Goulart era o único sensato, sabia das coisas e prezava a democracia, não estava no golpe nem na revolução, queria reformas sociais democráticas, as Reformas de Base, chamou Celso Furtado e pediu um plano.

Era um "animal político sadio" no juízo aristotélico do perito Guerreiro Ramos.

Chegaram os tanques do General Mourão, a "Vaca Fardada" por ele mesmo, nunca mais ninguém ouviu falar dele. Notícias e alvoroços, terrorismo, Gregório Bezerra arrastado pelas ruas do Recife, soldados arrombando a porta do apartamento do Bocaiúva para prendê-lo, eu almoçando no meu apartamento com Rubens Paiva, refeição interrompida pelo telefonema aflitíssimo da velha babá do Bocaiúva, Rubens tinha um avião e pilotava, ia para a Bolívia e me dava carona, eu agradeci, de medo de avião, e me aprontei para pular o muro da embaixada da Iugoslávia, onde estava todo mundo.

Meu pai chegou antes: grande, calmo, seguro, meu velho pai, terno de linho, maleta na mão, conhecia as coisas, pegou o primeiro avião, veio do Rio e me salvou.

Não pulei o muro.

Não fui nem cassado, era fichinha. Mas não votei em general nenhum; João Mangabeira mandou votar no Castelo; Aurélio Viana votou, eu não, porra nenhuma, nem fui lá. Mas fiquei de líder do PSB, e de mim mesmo, os outros todos cassados: Julião, Mario Lima, Max Costa Santos, Breno Silveira e Rogê Ferreira.

E então, claro, apareci: a liderança, a relatoria na comissão de economia, a CPI da Hanna, e a presidência da CPI da Globo-TimeLife! Que condenou o acordo entre os dois.

O ódio do Roberto Marinho, o poder do Roberto Marinho, a pertinácia de Roberto Marinho, a perseguição de Roberto Marinho, o rancor de Roberto Marinho.

Até o fim.

A pequenez de Roberto Marinho.

A fidelidade dos filhos de Roberto Marinho, a impugnação da minha reeleição como deputado em 1966, o veto até a uma diretoria do Clube de Engenharia, o veto total no Sistema Globo, a marcação implacável e atenta, até a falência da prefeitura, a ordem a Maílson que me fez carimbado de incompetente.

Teria sido governador e…

Bem, não fui; mas fui maior e ele menor, tacanho, me elegi senador três vezes e fui o primeiro prefeito eleito pelo voto popular direto na história do Rio de Janeiro.

E exerci.

E sou capaz de relembrar todo o exercício sem me envergonhar.

Sempre com a oposição da Globo, o gelo da Globo, o veto da Globo.

Fui um político sem mídia, porque a Globo mandava.

Voltam-me à memória momentos que edificam, para mim, sobretudo para mim, só para mim, a extensa vida política que tive, de outubro de 1962 a janeiro de 2007.

A lembrança não revive inteiramente o sentimento, que pena.

Deputado Federal aos 31 anos de idade, tudo pela frente. Pelo Partido Socialista Brasileiro, a condição essencial do sentimento.

A bênção difícil de meu pai no dia da posse.

O lugar era dele.

Senador da República aos 43. Aclamado: o senador da Democracia. A passeata consagradora na Avenida Amaral Peixoto de janelas todas abertas,

Catedral Menor do Santíssimo Salvador. Praça São Salvador, Campos dos Goytacazes, RJ, 1967.
Foto: Instituto Brasileiro de Geografia Estatística.

em acenos de júbilo. O comício maior de Campos, em cima de dois caixotes, a Praça São Salvador lotada da Catedral até o rio.

Lembrança de sentimentos. Nunca mais o próprio sentimento.

O primeiro beijo de pedalinho na Lagoa. A certeza do amor de Eliana.

O júbilo!

O primeiro ato de amor na varanda da casa dos pais num domingo de tarde, a casa vazia.

O primeiro filho, a força da vida irrompendo.

A Força da Vida.

O segundo, incompleto, aflito a se mexer na incubadora.

A incubadora vazia duas horas depois.

O terceiro e o a quarta sem problemas, ótimos, a confirmar a descendência.

O dever da descendência perante a Humanidade

A Família. A Família Grande no Natal, no Ano Novo.

Nunca mais o sentimento, aquele sentimento do momento; nunca mais.

Que pena.

Ulysses segurando a Constituição de 1988.
Célio Azevedo/Fotos Públicas.

IV. O atraso da elite

Primeiro. A tônica, a defesa constante e consistente que eu fazia no Senado das Empresas Estatais, da economia mista que é a vocação brasileira, do sistema de bancos públicos que sustenta o Brasil.

Isto, desde os anos setenta, há quase meio século!

E o quanto, desde então, eu falava sozinho, com muito pouco apoio, um que outro aparte favorável, de José Eduardo Dutra, de Roberto Requião, Pedro Simon, talvez algum outro mais, Suplicy, e me desculpem a velhice, a memória gasta no detalhe.

Toda a mídia era contra, sempre foi contra as Estatais.

Lembro-me bem da gozação paternal e carinhosa de Tancredo Neves, estilo dele, junto com Bulhões Pedreira, falando um com outro, na minha frente, de um jovem senador que ainda fazia a boa política estudantil. Lembro-me também de Ulisses Guimarães no almoço em casa de Thales Ramalho, com a fala cheia de uísque, dizendo a sua verdade direta ao filho do seu antigo colega Saturnino Braga, que eu jamais seria o seu ministro da economia porque era muito estatizante, mas seria Ministro da Viação, como meu pai deveria ter sido. O olhar simpático de Thales aprovando.

Lembro do sorriso silencioso de Brossard, ante aquelas posições de um jovem puro e socialista de quem ele gostava, posições que seriam com certeza revistas com o amadurecimento. Como lembro de Severo Gomes, ministro de Geisel e solidário comigo, invocando razões históricas para demonstrar os efeitos positivos daquelas empresas estratégicas; falando de Vargas e do Marquês de Pombal, duas figuras de sua admiração, dois eminentes desenvolvimentistas de momentos diferentes.

E me lembro também, com exatidão, das palavras, da conversa aliciante de Petrônio Portella, tempos depois, ressaltando a admiração dos militares no poder – e dele também – pela firmeza daquela minha defesa quase solitária, que me daria, certamente, uma posição de destaque dentro da ARENA.

Ademais, me anunciava reservadamente, o que eu ainda não sabia, a decisão, na véspera, do meu velho líder Amaral Peixoto, do meu querido líder, de filiar-se à ARENA, acompanhando o genro Moreira Franco, prefeito de Niterói.

Querida Niterói.

Já que puxei um fio, devo desatar o nó. Gosto de apreciar as pessoas, seres humanos. O poder configura boa parte de um ser mas não dissolve o seu núcleo.

Ernani do Amaral Peixoto foi um político admirável: íntegro, sábio e honrado, que se formou no poder, o Comandante, como era chamado. Não consigo imaginar, mas certamente havia um encanto especial no Guarda-Marinha fardado de branco que se casou por amor com a jovem Alzira, a filha formosa e querida do Poder Vargas.

E foi poder. E soube ser poder: caráter, bom-senso balizado e nenhum abuso. Nenhum brilho especial, mas sabedoria e solidez, espírito democrata, sim, nunca foi ditador.

Havia sido o líder de meu pai e continuou sendo o meu, com maior admiração quando fez a opção pela democracia, pelo MDB, contra o golpe militar, sendo ele um almirante, um conservador que jamais aderiria a um movimento político esquerdista.

Foi chefe do maior partido político que o Brasil já conheceu, o velho PSD, Partido Social Democrata, e convivia, diária e intimamente, com duas figuras femininas de grande presença histórica e de sólido ideário político progressista: uma filha de Getúlio Vargas, sua esposa, e uma neta de Getúlio Vargas, sua filha. Ainda: não posso e não devo esquecer suas duas excelentes secretárias: Josefina e Marlene.

Depois, um genro, logo apelidado de genro do genro, que tinha interesse pela política e um projeto pessoal que no início situava-se bem à esquerda do leque ideológico. Um genro inteligente, que foi aprendendo o realismo político do sogro e, aos poucos, se afastando do seu esquerdismo de juventude para buscar, com mais eficiência, o poder. Foi eleito deputado federal em 1974, numa campanha muito próxima da minha para senador – ambos companheiros fraternais, do MDB do antigo Estado do Rio: a fusão já estava feita, mas as eleições se processaram ainda separadamente, e nós fomos eleitos pelo Estado do Rio, que era base política do velho Amaral e de meu pai. Elegeu-se posteriormente prefeito de Niterói e compreendeu que só teria recursos para fazer algo importante para a cidade se passasse para a ARENA. Invocou o realismo político que havia aprendido depois de casado e convenceu o sogro a irem juntos para o partido do Governo. O velho Comandante já tinha sido tudo na vida política (deputado, senador, ministro, líder, presidente do maior partido), restando-lhe apenas a presidência da República, posição que já não lhe era possível aspirar, realista que era. Atendeu, então, ao genro para encerrar sua vida política; faleceu pouco depois, entristecido (visitei-o duas vezes, já doente). Só não conseguiu antever, não sei, que a continuidade do casamento do seu genro com a neta de Getúlio Vargas era quase impossível.

Fecho os parênteses e prossigo um pouco nas minhas lembranças. Políticas ainda.

Falo da família depois.

Nelson Carneiro merece um livro à parte: honrado, vivido e operoso,

há toda uma legislação trabalhista complementar, aperfeiçoadora da CLT, originada de dezenas de projetos-de-lei de Nelson Carneiro. Político também realista, velho pessedista, como Amaral Peixoto e meu pai; como o grande JK, como Tancredo Neves, Ulysses Guimarães, Gustavo Capanema, cito só os maiores que conheci mais de perto, pertencentes a uma geração de competentes conservadores-progressistas que administraram nosso País com Getúlio e depois de Getúlio Vargas.

Benjamim Farah, companheiro afável e firme, outra figura destacada do Rio no Senado, com uma bagagem sólida de leis de defesa do funcionalismo. Irmão do Capitão Farah, oficial combatente da nossa denodada FEB, comandante da Infantaria do CPOR no meu tempo.

Ó lembrança.

Estive vinte anos no Senado (mais três de prefeitura e quatro de deputado) e não conheci outro senador do Rio da estatura desses três que mencionei. Estou falando do Rio.

Fora de Senado, a lista seria grande; não levarei adiante estas lembranças.

Tenho enorme apreço por muitos políticos brasileiros que conheci de perto, nos seus campos de atuação. Não conseguiria referi-los sem cometer injustiças de omissão.

Abro apenas uma exceção absolutamente necessária: Raphael Almeida Magalhães, pelas ideias, pela grandeza, pelo caráter, pela inteligência, pelo brilho pessoal, pela amizade fraterna, pelo que ajudou ao Rio de Janeiro, quando Ministro da Previdência, eu na prefeitura, concedendo recursos para a construção de uma rede de postos de saúde na carente Zona Oeste de nossa Capital.

Chega de falar de política.

Isto é, ainda não, desculpem: tenho que deixar registrado o outro ponto de referência da minha presença no Senado: a questão das desigualdades gritantes entre os brasileiros; absurdas, fortemente imorais, absolutamente inaceitáveis em qualquer perspectiva de consideração, humana, moral, política e econômica. Impossível, certamente, impossível um projeto de desenvolvimento sem reduzir aquela imoralidade.

Constitui-se, sim, com certeza, no maior problema do Brasil.

Dificulta, embaraça, confunde qualquer projeto nacional. Agride, mancha a formação de um sentimento sólido de nacionalidade brasileira, tal é a profundidade degradante desta partição vergonhosa e imoral da riqueza nacional.

Inviabiliza qualquer projeto brasileiro de desenvolvimento que não o coloque como problema principal, primeiro e absolutamente prioritário a enfrentar.

Tem origem, sim, este problema brasileiro imoral e vergonhoso, tem origem na escravidão que aqui reinou por quatrocentos anos, e deixou rombudas cicatrizes, mesmo após a Abolição:

Ah, meu bisavô!

A Abolição foi redentora, sim, claro, de um lado foi redentora e fundamental. E, de outro, foi cruel: o abandono odiento em que foram largados, de um dia para o outro, irresponsavelmente, bárbara e desnaturadamente, dezenas de milhões de brasileiros sem casa, brasileiros sem comida, sem emprego, sem salário, sem educação, sem saúde. Jessé Souza, nosso mais lúcido e contundente brasilianista, descreve muito bem esta questão decisiva no seu livro imortal *A Elite do Atraso.*

Lembro-me de um dos meus discursos no Senado em que tratava desta grande imoralidade como a maior manifestação de corrupção do Brasil, um discurso que acabou levando o título de "A pequena, a média e a grande corrupção", que ganhou destaque no meio político e que motivou meu amigo, meu parceiro mais completo, meu suplente querido Álano Barcelos a me telefonar de Campos para Brasília a fim de me cumprimentar. O parceiro mais completo, sim: Álano tinha as mesmas ideias políticas e filosóficas, o mesmo gosto de cantar árias de óperas, com o mesmo timbre de voz de barítono e, o mais espantoso: era nascido precisamente no mesmo dia que eu: 13 de setembro de 1931, ele em Campos, eu no Rio, filho de campista.

E, entretanto, volto ao problema maior, e entretanto...

E ENTRETANTO, entre todos os presidentes que o Brasil teve depois de Vargas, excetuando Jango, que não teve tempo nem clima, somente Lula e Dilma deram a merecida atenção ao problema das corruptas e imorais desigualdades econômicas, sociais, culturais, estruturais existentes entre os brasileiros – o mais grave e gritante problema do Brasil!

E por isto ela foi deposta; e por isto ele foi preso.

Celso Furtado em 1962.
Fundo *Correio da Manhã*. Arquivo Nacional.

V. A lição de Celso Furtado

Na verdade aquela foi, sim, a razão que moveu as retrógradas forças políticas brasileiras ao golpe de 2016.

As retrógadas, sim, retrógradas, falo das forças brasileiras.

Sempre comandadas pelo poderoso Irmão do Norte. Tão brilhante que seu fulgor bélico cega os oficiais das nossas Forças Armadas.

Os golpes políticos em nosso País, os três mais recentes, os que eu vi e acompanhei (Getúlio, Jango e Dilma) foram movidos e deflagrados por uma aliança política permanente que existe no Brasil, como ademais em toda a América Latina.

Uma aliança perversa da elite do atraso (Jessé de Souza), que precisa do apoio imperial para tomar e manter o poder, assim como precisa da multidão empobrecida para se sentir bem, sentir-se enobrecida.

Uma aliança da nossa elite do atraso com os interesses do Grande Capital Imperial, que necessita deste quintal, para fornecimento de bens primários e para afirmação de seu poder mundial, dentro deste jogo brutal e amoral, que é a luta política e militar pelo comando do mundo.

E o Brasil de Lula e Dilma ousou passar por cima desta aliança perversa, e realmente avançou substantivamente na conquista da autonomia política, da soberania nacional, da realização do projeto próprio brasileiro.

Algo que havia parado desde o golpe contra Vargas, havia quase 50 anos.

E nesses avanços muito importantes para o nosso Brasil, que tiveram a participação brilhante do "melhor ministro do exterior", Celso Amorim, cometeram-se pecados muito graves contra o poder sem vergonha do Grande Capital:

1. A pretensão de explorar as novas e grandes jazidas de petróleo (pré-sal) sob o comando da excelente empresa nacional que descobriu as reservas, a Petrobras;

2. Uma aliança com países não dominados pelo poder econômico do Império, para formar um polo mundial alternativo (Brasil, Rússia, Índia, China e África do Sul), com instituições financeiras mundiais alternativas ao FMI (Fundo Monetário Internacional e ao BIRD (Banco Mundial);

3. Outras alianças pontuais com países como a França e a Suécia, para absorção de tecnologias industriais e militares de ponta (o submarino e o caça);

4. A liderança de um movimento importante de unificação das linhas políticas das nações da América do Sul, que priorizavam a autonomia do Continente em relação ao poder do Norte, movimento que se corporificou na criação da Unasul – onde estava também a Venezuela bolivarianista, e que possivelmente se mostrou o mais grave de todos para os interesses do Império.

Pronto.

Para o grande Poder Imperial, eram iniciativas absolutamente inaceitáveis, que tinham de ser revertidas, como o foram depois do golpe, a partir da desmoralização e desfiguração da Petrobras, seguida das concessões às multinacionais do petróleo.

A Unasul foi praticamente dissolvida com a eleição de um conservador na Argentina, com o golpe no Brasil e a desarticulação nacional da Venezuela.

E a participação do Brasil nos BRICS foi esfriada e esfarelada com a demissão do brilhante representante nosso que era Paulo Nogueira Batista.

E neste terceiro golpe, para que fosse sancionada uma lição mais explícita e radical, diante da ousadia inédita, o Brasil sofreu uma pena mais grave:

1. A pena de um enorme, calculado e multifacetado atraso na sua caminhada pela independência: suas grandes empresas que atuavam crescentemente no mundo – a Petrobras e as empresas de engenharia foram destroçadas, penalizadas financeiramente e desmoralizadas por acusações de corrupção;

2. Todo o Estado Brasileiro foi acusado de corrupção e desmoralizado; o governo golpista assumiu a linha neoliberal, favorável ao Império, perseguiu e desmoralizou o partido da classe trabalhadora que foi golpeado.

Registre-se a relevante colaboração do Poder Judiciário, prendeu seu grande líder e conseguiu ganhar a eleição com um candidato militar de baixa densidade cultural, de poucos compromissos com a democracia, e ligado a uma política ainda mais profundamente neoliberal e declaradamente favorável aos interesses do Império, ademais de ligações mais baixas com segmentos criminosos da sociedade brasileira.

Passado o tempo de atordoamento, sacudindo ainda a poeira do grande tombo, estamos nós aqui, descorçoados, a discutir novamente o que poderia ser um conjunto de diretrizes para a retomada do desenvolvimento autônomo brasileiro.

Quando for possível.

Ora pro nobis.

Qual desenvolvimento? Quais as características do desenvolvimento que os brasileiros querem e podem – e podem conseguir?

Uma definição dos nossos próprios objetivos, brasileiros, sem ficar macaqueando os padrões dos povos ricos (Celso Furtado):

1. Prioritariamente, reduzir as nossas desigualdades socioeconômicas?

2. Implantar um sistema de saúde de boa qualidade, para todos os brasileiros? Incluindo uma alimentação suficiente e saudável para todos?

3. Um bom sistema nacional de educação gratuito, com o ensino médio federalizado?

4. Transporte coletivo bom para todos, ao invés de automóveis financiados para cada vez entupir mais as ruas?

5. Moradia decente para todos, no morro ou no asfalto, servida com água, esgoto, coleta de lixo, escolas e segurança?

6. Aposentadoria digna para todos?

7. Férias, jornada diária menor, tempo maior de lazer, sim, que coisa importante, para estudar, estudar mais, crescer, compreender, pensar mais no País, para avançar na cultura, para cultivar a família e os amigos também?

8. Orgulho nacional brasileiro, justo ?

Coisas desse tipo, que precisam ser bem definidas para que possamos organizar um projeto nacional segundo as prioridades queridas, as coisas mais importantes para todos os brasileiros, e não ficar, como a mídia, só falando de PIB, comparando PIBs, fazendo crescer o PIB, crescer o bolo do PIB para depois distribuir.

A Globo, putz, que atraso.

Discutimos bastante este tema no Centro Celso Furtado, em debates e seminários que realizamos todo ano, e por vários anos, nosso dever.

Sem a pretensão de definir, nós mesmos, essas características, mas de discutir profunda e repetidamente o tema, de levantar todas as questões, as dificuldades, as potencialidades que se nos apresentam, e por meio desses debates ir mobilizando a opinião, a consciência brasileira para enfrentar esta questão maior do nosso País; e decidir politicamente, democraticamente, o caminho a seguir.

E prosseguiremos neste debate indefinidamente, num processo de aproximações sucessivas capaz de nos orientar: o que importa é precisamente esta orientação política, eis que o problema essencial do desenvolvimento é eminentemente político.

O Desenvolvimento é um processo político, também nos ensinou o mestre Celso Furtado.

Então, a partir do que já fizemos, poderemos delinear algumas diretrizes do projeto que vai emergindo.

Não são ideias minhas, embora eu as tenha encampado, mas são as linhas que resultam de tantas opiniões e propostas apresentadas nesses seminários promovidos pelo Centro Celso Furtado e também pelo Clube de Engenharia do Rio que, honrando sua tradição, assumiu igualmente esta missão de abrir debates em busca das linhas de um Projeto Nacional.

Menciono pontos de atenção prioritária. Não são mandamentos; como disse, e enfatizo, esta é uma discussão sempre em aberto e seus resultados são linhas de orientação sempre em mutação e redirecionamento, durante o próprio processo político em desenvolvimento.

Vamos.

Depois.

48

Celso Amorim fala no Senado sobre situação das Forças Armadas. Abril de 2012.
Foto: Antonio Cruz, Agência Brasil.

Senão fico falando só de política. Que é, de fato, a atividade mais nobre e importante do ser do homem.

Mas eu já adiantei muita coisa, e a vida e o Brasil têm mais belezas e riquezas além da política.

Volto à Política adiante.

Com muito gosto. Com muito interesse.

Wolfgang Amadeus Mozart.
Litografia de Zephirin Belliard. Biblioteca Nacional Austríaca.

VI. Fui músico, bom músico

A música.

Sim, eu fui músico, de entrega total.

Só quem foi sabe o que é.

Fui cantor, não só de bela voz, de timbre premiado, mas de musicalidade e entrega, de fina musicalidade, falo porque sei, sim, sei de dentro, conheço a qualidade essencial do músico. Tive uma excelente professora, a soprano austríaca wagneriana Hilde Sinnek, que me abriu a ressonância brilhante dos seios nasais superiores, e me mostrou toda a beleza única das áreas de Bach, Haendel e Mozart.

Foi uma paixão.

Uma das grandes, das maiores da minha vida: me deu, além dos enlevos únicos da arte, prazeres físicos indescritíveis, afins aos de verdadeiros orgasmos, só quem canta e domina conhece este gozo.

Fora outros, o de ganhar um concurso promovido pela Rádio MEC, o de ser sempre bem aplaudido, o de cantar no Teatro Municipal do Rio e no

Bolshoi em Moscou, o de ganhar carinhos impensáveis das moças polonesas em Varsóvia, o de fazer amigos para sempre, como Edino Krieger e Claudio Petraglia.

Paixões atropelam, é a força do ser do homem.

E, então, uma outra àquela se sobrepôs.

A paixão do amor, a do casamento, a da união com uma mulher, a paixão temida pela professora sábia. Tentou impedir, seduziu, abriu uma bela porta em Wiesbaden, o maestro alemão esteve no Rio, me ouviu e me aprovou; cantei "der vogelfaenger" do Papageno; sei que cantei bem, e o maestro dizia e repetia: "schöne material".

Mas o amor venceu.

Casei-me com Eliana, que efetivamente foi minha vida, ela e os três filhos, Bruno, Antônio e Maia Adélia.

Minha vida, mesmo, não é retórica bomocista.

O canto aos poucos se estiolou, a voz é um bem físico, requer cuidados e cultivos permanentes: a música, não; nunca se estiolará.

E outra paixão, nova, surgiu avassaladora e findou por dominar o horizonte estabelecido, em junção com a mulher, os filhos, a família e a música: foi a política.

Minha mulher, sim, coitada, minha esposa, minha amiga querida, minha companheira, temia a atração exercida pelo encanto da música cantada, pela voz da musicalidade, ficou estarrecida com o carinho das polonesas, nunca estimulou minha vocação maior, eu entendi e aceitei. E, entretanto, entretanto teve que aceitar e se integrar na paixão nova que também atraía impulsos afetivos, e que findou envolvendo minha vida, sim, insisto, sei, que coisa difícil, complicada, a política metida dentro da vida a dois sob o mesmo teto, mais três filhos, caramba, muito difícil, cada dia, claro, a desavença faz parte necessariamente, a desavença frequente. Até aquele ódio repentino e passageiro faz parte. Foi minha vida, sim, vida humana, com todas essas emoções, a família, a política, o amor, a tentação, os problemas, aquela salada saborosa e ácida administrada, ela no timão, Eliana, alemã que não gostava dos alemães, amava-os sem o saber, rejeitava a rigidez dos pais, queria ser brasileira e lhe faltava aquele nosso humor, nosso, brasileiro, o requebro, oh, como eu brincava com ela!

Sobrava-lhe o dever, sim; mas também, muito junto, o carinho.

Sempre.

A doçura carinhosa.

Quando a perdi, já bem velho, tudo se apagou, o mundo afundou e eu pensei que não podia mais viver. Mas restaram Bruno, Antônio e Maria Adélia, eram ela também. Me agasalharam. A Carla invadiu meu coração, com a Neide, antigas, presentes, aos poucos, o ser é o ser, a natureza fala e a gente recomeça. Mas é outra vida; velha e nova vida.

Aquela findou com ela.

Uma vez Ulysses Guimarães me disse que não tinha visto seus filhos crescerem. Dona Mora cuidara; acho que a política é assim. Mas eu vi os meus; porque Eliana foi comigo para Brasília e os levou, o que não era nada comum para os políticos do Rio e de São Paulo.

E há um lado daquela convivência normal e conflituosa com ela que quero recordar e registrar:

A psicanálise.

Está bem, estou de pleno acordo, a revolução freudiana é tão importante para a Humanidade quanto a einsteiniana e a marxiana, os três gigantes que mudaram a visão que o homem tinha do mundo e de si mesmo.

E mudaram-na em favor da humanidade.

Entretanto, a vida é concreta e é de carne: penso, logo existo, logo quero, logo beijo, logo brigo.

Você pensa, compreende, você concorda, você aceita, mas você não aguenta: vá você ser casado com uma mulher educada e domesticada nos padrões antigos, da chefia masculina superior, e experimente a mudança na convivência depois que esta mulher começa a fazer análise, uma novidade do momento que veio da Europa e da Argentina no fim dos cinquenta, trazida por um casal alemão, doutor e doutora Kemper, que incendiou vários matrimônios no Brasil, a ponto de se consolidar a opinião de que todo casal que fazia análise se separava. Inevitavelmente.

Pois eu resisti.

Eu.

E ela também, claro.

Mas imaginem, os que não passaram por isto, imaginem: não era mais aquela, a mulher doce com quem você se tinha casado na leveza da juventude. Aos quarenta anos, depois de vinte de matrimônio bem ajustado, pela linha antiga, três filhos, no tradicional, como meus pais e os pais dela, ela, a mesma pessoa, de repente, em três meses, era outra, literalmente, só o corpo era o mesmo, era outra que falava, em outro tom, com certa altaneria de quem trazia um novo saber que eu não tinha. E contestava, tinha opiniões diferentes, por vezes radicalmente diferentes das que ela mesma tinha antes.

Como?

Opiniões erradas, penso, pensava, na época, claro. Diferentes das antigas, antigas dela mesma, diferentes das minhas, logo erradas. Mesmo argumentadas, mesmo arrazoadas, eram erradas, claro. Claro.

Sim, passou a sair várias vezes sozinha, ver uma peça ou um filme que não me interessava, assistir conferências de um outro psicanalista famoso na época, esqueci o nome. Um idiota que sabia dizer coisas engraçadas. Da moda.

Sim, foi difícil.

Ora.

Muito!

Eu resisti, nós resistimos e ganhamos ambos, ao fim de um tempo, ganhamos um premio que a vida não concede com facilidade: ganhamos a felicidade a dois, sob o mesmo teto, na mesma cama, com os mesmos filhos, ternura duradoura. Para sempre

Isto devia existir também nos tempos idos, antes da análise: a mulher aprendia a pensar como o marido em quase tudo, guardando apenas um pequeno espaço próprio de assuntos de mulher.

Entretanto, olha o entretanto, a infelicidade grassava; e, como não havia possibilidade de separação, a relação por vezes confinava com um tipo especial de servidão, ou de paternalidade imperial, como se o pai trepasse e fizesse filhos na própria filha. Professor e aluna, era outra feição possível do casamento. Meu avô por parte de mãe tinha sido professor da minha avó, que o chamava de Doutor Júlio. O Doutor Júlio fez quatro filhas e um filho na sua aluna querida, conviveram anos e, quando ele morreu, como me lembro, a tristeza dela foi arrasadora.

Entretanto, de novo o entretanto, na minha família houve outro caso, este problemático, este desastroso e abafado. Soube dele por meu pai, em reserva.

Meu bisavô de pai teve onze filhos, sendo uma, a que nasceu logo após o meu avô Ramiro, uma linda moça, bela e viva, tão viva quanto bela, inteligente, agitada, e com certa presunção a ter personalidade própria, mesmo naquele velho tempo, de tão afagada e lisonjeada que era.

Os casamentos eram feitos dentro das famílias, a vida social, urbana, era ainda rala, muito precária em Campos, terra dos Goitacazes, no século dezenove e princípio do vinte. E havia um primo, mais velho, respeitável, que se havia destacado muito profissionalmente, um primo que era tido e visto como a eminência da família e, nesta condição, pretendeu casar com a mais bela. Pretendeu e casou, era um partido irrecusável e, quem sabe, minha bela tia-avó também não se rendeu aos encantos da aura do primo famoso.

Casaram-se, sob as bênçãos e os votos mais favoráveis e promissores de toda a família.

O casal perfeito: a inteligência, o brilho e o sizo do noivo, e a beleza viva da noiva encantadora.

Casaram-se, vieram morar no Rio, ele viajava muito, era solicitado profissionalmente, foram tendo filhos, ela cuidava deles, mas também lia, estudava, encontrava tempo e gostava, tinha empregadas, claro, e lia muito, tinha pensamento próprio desde moça, ia formando novas camadas e as consolidando, lia muito só, não tinha com quem conversar, gostava de assuntos de homem, havia poucas mulheres da família no Rio, ia lendo e formando mais opinião, fora sempre encorajada a ser assim enquanto moça pelo pai e principalmente pelo irmão mais velho, Ramiro, meu avô, estimulada a desenvolver aquele interesse que demonstrava pelas coisas da vida, coisas de fora da casa, inclusive as coisas dos homens. Gostava de ser diferente, original, e intelectual. E era interessante, muito interessante, para os homens, pela inteligência com que defendia suas ideias, e pela beleza extraordinária da sua fala e de toda a sua figura.

Amaram-se, sim, creio, tiveram quatro filhos, dois homens e duas mulheres. E discutiam, aos poucos, aqui e ali, afavelmente, aos poucos mais frequentemente, mais e mais com o passar do tempo, quando ele estava no Rio, viajava muito, as opiniões muitas vezes diferiam, um professor do filho, uma roupa mais ousada dela, as luvas da empregada servindo a mesa, confrontavam-se mais e mais, o marido, inicialmente, mostrava-se superior e condescendente, conhecia a fama da mulher e sua força vital. E intelectual. Tinha até certo orgulho dela.

Todavia, bem, ele era um daqueles brasileiros ilustres que, como quase todos, tinham a língua e a cultura francesa como a matriz de toda a inteligência e todo o saber da humanidade. E ela não compartilhava esta forte propensão do marido; lia literatura inglesa e admirava a alemã. Ele era positivista enraizado e conhecia bem toda a excelência da obra de Augusto Comte, o grande filósofo da ciência, que era, aliás, a ocupação dele, a ocupação mais nobre do ser humano.

Pois minha tia-avó, como eu disse, tinha considerações e preferências próprias; e diferentes das dele; não sei se espontaneamente ou cultivadas com o propósito de se afirmar; isto não sei; não sei se ouvira falar em Tobias Barreto, mas aprendeu alemão; aprendeu com uma governanta ilustrada da casa vizinha; comprou livros e aprofundou-se, ele preocupado, intrigado, mas aprovando o esforço cultural dela, aplicado, meses, dois, três anos, interessada a fundo; e ela acabou dominando a língua com profundidade suficiente para ler Kant, Immanuel Kant; ler, reler, compreender com dificuldade, mas em nível suficiente para contender com o marido, quase de igual para igual, Kant versus Comte.

Oh!

A princípio, estranha mas civilizadamente.

Estranhamente, sim: o que era aquilo? Irmãos e primos começaram a saber do inusitado.

Aos poucos se transformaram aquelas contendas em confrontos; palavras fortes e silêncios ressentidos.

Bem, chegaram por fim às vociferações. Até rugidos.

Findou prevalecendo o senso comum dos tempos, dos maridos, e ela foi considerada louca, demente, com diagnóstico médico; e foi internada na Casa de Saúde Doutor Eiras, onde faleceu doze anos depois.

Doze anos de reclusão forçada.

Meu avô, Ramiro, irmão querido dela, que era médico e não ficou bastante convencido da necessidade daquela internação, mergulhou em tristeza, mas nada pôde fazer além de entristecer e se afastar do primo-cunhado famoso:

Eram tempos, ele não era especialista, não era psiquiatra e o comando do casal era do marido.

A polêmica do caso morreu neste ponto, sem ida nem volta. Os quatro filhos viveram e morreram sem se casar, e a família abençoada se extinguiu.

O caso foi silenciado, nem de longe embaçou o merecido brilho da aura do primo famoso, e eu só tive conhecimento desses fatos pelo relato e comentário discreto de meu pai, que era todo afeiçoado pela tia tão bonita e tão carinhosa.

Chegada dos pracinhas brasileiros na cidade italiana de Massarosa. 1944. Foto: Durval Jr.

VII. Tempos de embates

Conheci pouco a família campista, o lado de meu pai, o lado do sobrenome: morreram cedo, alguns vieram para Niterói, com pouco ou nenhum contato conosco, outros ficaram em Campos, a gente ia lá de vez em quando, conheci a Fazenda Velha, do Velho Braga, o Fundador, onde todos nasceram e foram criados, fui lá menino, lembro da impressão assustadora que me dava aquele casarão fantástico e vazio, cheio de móveis antigos e muitos morcegos nos tetos altos. Ninguém ia lá, havia um homem contratado para tomar conta do casarão e seu conteúdo, Nhonhô Vieira, assim chamado, que roubou descaradamente, vendeu quase tudo dos belos móveis, louçaria e cristais, dizem, muito valiosos, até meu pai e meu tio, irmão dele, resolverem vender aquele que era o berço e o sacrário da família.

Berço e sacrário.

Que pena, sinto no coração.

Ruiu e desmoronou, mas ficou de pé a torre branca da igreja, eu fui lá e vi há pouco tempo, na estrada para Tocos, está lá no meio das canas, a bela e alva ruína, amostra do que poderia ser hoje uma relíquia do fastígio: todas as terras do hoje distrito de Saturnino Braga.

Meu pai e meu tio, irmão dele, uma velha tia, Antonieta, e um velho tio deles, Tio Zizinho (Edgard), irmãos do avô Ramiro que eu não vi (morreu com 50 anos), foram os campistas que conheci.

A família de minha infância foi a da minha mãe, a família mineira, o avô de Sete Lagoas e a avó de Juiz de Fora.

Todo domingo nos reuníamos lá para uma ceia familiar, numa casa grande, de terreno amplo, quintal com galinheiro, o macaco Simão e suas graças, na Rua Barroso, hoje Siqueira Campos, praticamente a primeira rua de Copacabana, onde descia o bonde, desde os últimos anos mil e oitocentos, quando foi aberto a túnel Alaor Prata, o Túnel Velho, que inaugurou o bairro, antes um areal de piqueniques.

Ali aos domingos se conversava de tudo, principalmente política, Getúlio, Pedro Ernesto, Chico Campos, Lourival Fontes, Osvaldo Aranha, Capanema, Benedito Valadares, Amaral Peixoto, bem... A guerra, a eficiência da Alemanha, o decidido Chanceler Hitler, a fraqueza dúbia de Chamberlain e Daladier que cediam em tudo para evitar uma nova chacina depois da de 1914-18; a invasão da Polônia em 1939, a inevitável declaração da guerra, a vergonhosa derrota da França, a grande França de todos os brasileiros, o General Pétain, herói de todos na primeira guerra, inteiramente rendido, vergonhosamente rendido no governo de Vichy, de fancaria, a depressão geral da família e, aos poucos, o reconhecimento do valor dos ingleses, a brava resistência dos ingleses, sozinhos, os americanos sem querer entrar, meu avô me levava ao seu escritório, de tarde, onde tinha um bom rádio de ondas curtas, que escutava a BBC, começando com um sino que batia, lá, às seis horas (três aqui), ele me dizendo:

— Está ouvindo? É o Big Ben!, num tom de enorme respeito.

Depois traduzia as notícias: em cima, colada na parede, uma foto de Churchill com o "British Credo". Eu ia aprendendo. A guerra aérea, a vitória dos Spitfires sobre os Messerschmitts alemães, que vibração.

A invasão da Rússia! Ninguém esperava aquela nova ousadia de Hitler. Ia ser um passeio dos alemães. Era geral.

Foi mais ou menos no início, parou perto de Moscou, como tinha parado em Leningrado. Não conseguiram tomar as duas grandes cidades. O cerco de Leningrado foi uma epopeia sofridíssima, comiam ratos para matar a fome. Era um sinal: não seria um passeio. Tentaram então contornar a resistência atacando mais ao sul. Foram, atravessaram o Dnieper e o Dniester, conseguiram atravessar o Don, estavam avançando, o alemães, iam contornar e atacar Moscou pela retaguarda, mas tinham que atravessar o Volga, o grande rio, o maior da Europa, e ali estava Stalingrado.

Stalin com certeza ordenou: "Não passarão!"

E os alemães não passaram. Durou meses, a batalha mais famosa da guerra, uns quatro meses, ou seis, não sei, sei que não se decidia, e que era a batalha decisiva, a resistência dos russos foi muito maior do que se esperava, ninguém falava União Soviética, a anedota corria: a Rússia pediu paz! Pediu pás e picaretas pra enterrar os alemães…

O heroísmo dos russos, ninguém esperava, a resistência e, finalmente, a vitória! A gigantesca vitória dos russos em Stalingrado: a grande derrota dos alemães! Um Exército inteiro cercado e rendido! Depois de perdas incalculáveis, de vidas, de equipamentos, de moral. Feia, enorme derrota: seria a virada da guerra? Parecia! Os ingleses também começavam a ganhar na África: a batalha de El Alamein no Egito! A virada: o general Montgomery derrotando Von Rommel, a invencível raposa do deserto.

Fim de 1942, início de 1943: parecia realmente a virada. E havia ainda a potência dos americanos, colossal, que se ocupava ainda com os japoneses, mas com certeza ia entrar na Europa.

O clima mudou na rua Barroso: as faces distenderam-se; a civilização venceria!

Pois é, a Civilização, o processo de avanço no saber e aprofundamento da humanização da humanidade: em resumo, o desenvolvimento filosófico de Celso Furtado. É o que os brasileiros querem, é o que o Brasil precisa e merece.

E pode.

Pode mesmo ajudar o mundo

Obviamente a mídia interessada confunde civilização com consumismo, e faz crer ao povo que o necessário, o desenvolvimento, é o PIB, está nos padrões de consumo dos países ricos, é o PIB dos ricos.

Isso é fácil de pegar, e pega: a marquetagem é competente, a ciência do engodo progride e convence. E há dinheiro.

Contudo, não é verdade.

Obviamente.

Definitivamente, civilização não é consumo rico. E esta confusão de coisas distintas é propositada, é interesse econômico dos ricos em nos vender tudo de supérfluo que produzem.

Claro que a Civilização compreende um nível mínimo de consumo para todos: a casa decente, quarto, sala, banheiro e cozinha; a alimentação saudável, a assistência à saúde acessível, a educação, o emprego, o descanso, o lazer, o desenvolvimento da cultura, a jornada de trabalho menor para estudar mais, essas coisas. Mas isto está muito longe do esbanjamento dos ricos. Com um PIB um pouco maior do que o que hoje temos, se for bem distribuído – eis a questão –, os brasileiros podem desfrutar a Civilização e contribuir muito para o desenvolvimento dela, com a sua inteligência, a sua musicalidade e a sua filosofia.

E a sua Filosofia...

O principal ativo do brasileiros é a sua Filosofia.

Do entendimento, da conversa.

Diálogo habermasiano

Muito confronto e pouca briga.

Briga mesmo houve só no Rio Grande do Sul,

E em São Paulo em 1932.

E em Copacabana em 1922, os dezoito que saíram do Forte para morrer.

Morrer por um ideal.

Morrer pelo Brasil.

Houve também esta façanha inacreditável da Coluna Prestes, que percorreu em mais de um ano o imenso País do sul ao norte, combatendo as forças governamentais na tática de guerrilha, com muito heroísmo e pouca morte.

O Cavaleiro da Esperança.

Parênteses: eu conheci o estóico e inquebrantável Luís Carlos Prestes. E mereci o apoio dele.

Não houve outro igual.

Em 1930, a revolução ganhou fácil pela vasto apoio popular. Pela fraqueza corrupta do poder apodrecido.

Veio Getúlio Vargas.

Viva Getúlio Vargas!

Em 1935 só Agildo Barata saiu do quartel.

Em 1937 os integralistas quebraram a cara, não mataram Getúlio e andaram sendo fuzilados nos fundos do Palácio depois do cerco ao Guanabara.

Ninguém mais, hoje, sabe quem foi Plínio Salgado.

Bem, o Brasil, o nosso amigo Brasil é um caso especial que precisa ser mais estudado.

Principalmente pelos próprios brasileiros.

Na América do Sul há vários casos a estudar.

O Uruguai.

Um punhado de índios e castelhanos bravos, trinta e três segundo eles, venceram o gigante brasileiro. Tiraram-nos a Província Cisplatina. E produziram um país pequeno e respeitado. Culto. E um líder político dos maiores da história da humanidade, que é Pepe Mujica. Presente.

Estudemos o Uruguai.

Observemos Cuba.

Como um caso.

Conheçamos melhor o caso de Cuba; estudemos Cuba, discutamos Cuba e, possivelmente, direi mesmo provavelmente, retiraremos deste estudo ensinamentos valiosos para avançar numa definição mais humanística e menos consumista da nossa Civilização. Esta mesma que é a nossa, a

Civilização que vem dos gregos, que passa por Roma, incorpora o Cristianismo, decai com os bárbaros alemães, renasce na Itália, ganha o mundo com a ciência portuguesa, desenvolve uma incrível produtividade com a industrialização inglesa e a ciência europeia, cresce ainda mais na América, convoca a ética da justiça social com a revolução russa, impõe-se às antigas civilizações asiáticas, mas ao invés de liberar o ser do homem submete-o à lógica perversa da superprodução, atenaza e molesta o seu delicado sistema nervoso, o apanágio do ser do sapiens e, mais, continua crescentemente ameaçando o mundo, a sobrevivência da humanidade.

Gravemente.

Absurdamente.

Com superaquecimento e superarmamento. Supersuper. Inimagináveis antes.

Absolutamente desnecessárias.

Ameaças graves que levam a Humanidade a clamar pela Paz. A Civilização, a nossa Civilização, clama sobretudo pela Paz!

Clama por um movimento mundial capaz de ressuscitar a ONU e tecer os fios da Paz e da conservação do planeta.

Ó meu Querido Brasil!

Este é o seu papel histórico, seu Destino Manifesto.

R. Saturnino Braga discursa no plenário do Senado, em sessão que discutiu questões de defesa da soberania nacional, em 30/11/2017. Foto: Jefferson Rudy/Agência Senado.

VIII. Barricadas institucionais

Volto, pois, à Democracia.

Não há desenvolvimento nem civilização sem democracia, sem o diálogo habermasiano. Sem o amadurecimento político e social de uma nação que exige e caracteriza a Democracia.

Não se pode cair na tentação dos espíritos mais inquietos, carbonários, de abrir um tempo de exceção, revolucionário, para acelerar o processo de construção da democracia mais avançada, mais igualitária. O tempo de exceção revolucionário se prolonga e a ditadura inevitavelmente se cristaliza. Ditadura nenhuma se abre por si mesma.

Não gosto mais de revoluções.

Gosto de avanços dentro da Democracia

Gosto cada vez mais de discussões.

Habermasianas.

Brasileiras.

Ademais, na verdade, a democracia, ela mesma evolui e se aperfeiçoa na sua prática, é parte integrante (intrínseca mesmo) do processo contínuo de Desenvolvimento (econômico, social, cultural, político), que permanentemente melhora e apura a própria democracia, a convivência democrática. A prática democrática é condição *sine qua non* da própria construção democrática do Desenvolvimento no sentido maior; é de fato uma das suas características principais; deve-se, mesmo, considerá-la a primeira característica do processo de Desenvolvimento.

Sim, claro, é necessário, é imprescindível mesmo – é consenso mundial – aperfeiçoar a Democracia Representativa a partir de sua prática. O mundo todo está em busca deste caminho; e é evidentemente uma especial exigência brasileira que já começa a ensaiar soluções. Ensaio este, nos primeiros anos do século, que foi reconhecido internacionalmente, como uma experiência de grande importância, capaz de produzir o que nenhum outro país conseguiu: uma redistribuição significativa da renda em favor dos mais pobres, sem prejuízo do crescimento razoável do PIB.

A crítica à democracia no início do século passado era sobre a ineficiência e a instabilidade dos governos democráticos. As tentativas de experiência alternativa deu no que deu, os nazifascismos e a hecatombe das guerras.

A crítica presente se aplica sobre a deformação da representatividade dos representantes eleitos. Deformação produzida pela intromissão crescente e espúria do poder econômico no processo político. Deputados, e até governantes, passam, cada vez mais, a representar os interesses dos seus financiadores, com prioridade bem maior do que os interesses dos seus eleitores.

Ora, direis, chega de lenga-lengas repetidas e indefinidas que não mudam nada.

Não, não é bem assim, quem é velho sabe, e viu, aqui mesmo no Brasil, mudanças de grande significado democrático: a cédula eleitoral única, por exemplo, que foi muma paulada nos currais eleitorais que trabalhavam com os envelopinhos prontos para a urna. O programa gratuito de televisão, como foi implantado em 1974, quando o candidato falava ao vivo, sem gravação nem marquetagem, a custo realmente zero, foi outro avanço gigantesco para a qualidade da nossa democracia.

Para mim, a televisão eleitoral foi a condição essencial da minha vida política. Eu não tinha mídia nenhuma, ninguém sabia nada do que eu fazia no Senado porque a Globo vetava; a Globo era o poder maior do Brasil.

Mas nos momentos eleitorais, eu aparecia nos programas do TRE e falava ao povo, contava as coisas, a Globo não podia fazer nada e eu era eleito: três vezes senador e uma vez Prefeito. Só aí, vinte e oito anos; fora a deputação federal e a vereança.

Houve avanços, sim!

A proibição de doações eleitorais feitas por empresas também foi um fator muito importante de redução da força do poder econômico.

E outras reformas ainda podem ser feitas, como o financiamento público das campanhas, com a proibição de gastos além deste financiamento, um limite que valorizaria muito os partidos e suas ideias, suas mensagens, suas propostas, seus programas, suas lideranças.

São medidas eficazes de redução da importância do poder econômico, que é, no momento, a principal causa de deformação do princípio democrático da representação.

Mas há outros caminhos, ainda, de aproximações sucessivas da democracia direta, introduzindo canais de manifestação mais direta da sociedade organizada, em paralelo com os dispositivos tradicionais da representação democrática.

A criação de Conselhos setoriais da sociedade, como um conselho de economia, um conselho de saúde, conselho de educação, conselho de justiça, conselho de segurança pública, e outros, à semelhança das comissões técnicas do Parlamento, com prerrogativas para criticar as ações dos poderes públicos e sugerir medidas que, necessariamente, tenham que ser examinadas e relatadas conclusivamente pelos poderes tradicionais. Penso que é um exemplo de avanço substantivo em direção ao aperfeiçoamento da democracia representativa.

Outros caminhos podem e devem ser discutidos com este propósito, em resposta à exigência premente das nações que adotaram o modelo da democracia representativa, hoje em franco processo de desmoralização e destruição.

No âmbito das administrações locais, municipais, as possibilidades de aproximação à democracia direta são muito maiores e efetivas.

No Rio de Janeiro, no período de 1986-88, foi feita uma experiência altamente interessante e promissora que, lamentavelmente, e propositadamente, foi destruída e levada ao esquecimento pelos interesses políticos conservadores.

Em cada uma das vinte e duas regiões administrativas da Cidade existentes naquele tempo, foi criado um Conselho Governo–Comunidade que reunia, de um lado, uma representação da prefeitura naquela região – o administrador regional e os chefes de distrito da prefeitura – o chefe do distrito de educação, o do distrito de saúde, de limpeza urbana, de conservação etc... E, do lado dos moradores, um representante de cada associação de moradores da região, eleito por eles.

A responsabilidade desses Conselhos era: primeiro, indicar à prefeitura as prioridades da região, em termos de obras e de iniciativas de políticas públicas; em segundo, paralelamente, fazer uma crítica permanente da ação da prefeitura naquela região, setor por setor. Era uma ação muito mais abrangente do que um orçamento participativo porque compreendia uma crítica permanente do governo municipal, exercida pelas comunidades; além da indicação das prioridades que seria observada no orçamento.

Após um ano de dificuldades na implantação deste esquema absolutamente inédito (em 1986), o sistema funcionou muito bem e demonstrou não só a viabilidade política desta gestão participativa, como resultados surpreendentemente positivos.

Resultados tão bons que provocaram a reação exterminadora dos poderes conservadores que comandavam o governo federal; e que decretaram, no último ano do período, a falência do município do Rio, com um telegrama do Banco Central a todos os bancos do País, proibindo qualquer empréstimo, mesmo para rolagem de qualquer parte da dívida, unicamente ao Rio de Janeiro. Isto, de um dia para o outro, de surpresa, sem qualquer aviso, sem qualquer advertência, sem qualquer chamada ao prefeito para entendimento, nada: com o objetivo bem claro de produzir a falência inexorável do município e desmoralizar o prefeito e sua gestão participativa!

O prefeito seguinte, no primeiro mês de sua gestão, dissolveu, por decreto, os conselhos governo-comunidade, e a mídia nunca mais falou do assunto, de tal forma que a experiência ficou inteiramente esquecida. Este era o propósito, além de linchar politicamente o prefeito pela falência e impedir que ele, pelo êxito na prefeitura, pudesse logo em seguida levar o modelo ampliado para o Estado do Rio.

Fui eu este prefeito.

O primeiro prefeito eleito pelo voto direto do povo na cidade do Rio de Janeiro.

Ó meu coração.

Obviamente, no âmbito dos Estados e no campo nacional é muito mais difícil buscar a participação da sociedade. Lembro, entretanto, que o Presidente Lula, tão bem avaliado ao deixar o governo, criou na sua gestão o Conselho do Desenvolvimento, o chamado Conselhão, de representantes da sociedade, que se reunia regularmente e discutia o quadro econômico-social do País, exarando recomendações que certamente influíram nas decisões do governo. Criou também vários conselhos setoriais que desempenharam o mesmo papel com resultados reconhecidos.

Assim também, a instituição do plebiscito para decidir sobre questões mais polêmicas é outro caminho, mais direto, de busca da participação da sociedade das decisões do governo democrata.

Quero dizer, e sustentar, que existem caminhos para uma participação mais direta da sociedade nesta busca de um aperfeiçoamento inadiável da democracia representativa clássica que vem, dia a dia, perdendo legitimidade.

E repito o que disse no início: não há alternativas à democracia, sob o ponto de vista ético ou funcional. É democracia A ou democracia B. Temos que aperfeiçoar a que hoje praticamos.

Tudo isto dito até aqui, entretanto, fica em suspenso: era o que podia e devia ser dito até outubro de 2018, quando se realizaram as eleições gerais no Brasil que deram a vitória a um candidato à Presidência que, sabidamente, evidentemente, não tinha condições para exercer esta função magna: não tinha condições culturais, morais, psicológicas nem políticas. Foi uma eleição fraudada pelo exercício calculado e competente da mentira, usada e abusada nas redes sociais tecnologicamente, concentradamente, ao custo de milhões de dólares da CIA, em forma de catapulta na última semana de campanha, para não dar tempo ao desmentido, ao esclarecimento. A mentira largamente, avassaladoramente esparzida pela internet nas chamadas redes sociais, onde não há nenhuma responsabilidade do que se diz, onde tudo pode ser dito, verdade ou mentira, realidade ou invenção, até mesmo a invenção mais inverossímil, de forma planejada, cientificamente, psicologicamente, para ser eficaz.

E foi eficaz no Brasil de 2018!

Elegeu um presidente apropriado, dimensionado, escolhido para atrasar o Brasil algumas décadas, tirar a sua condição de agente no jogo internacional, que tanto incomodava o Grande Capital.

Eis aí um novo e terrível tipo de ataque à Democracia que precisa urgentemente, e competentemente, ser neutralizado. Precisa ser noticiado ao mundo, em defesa da Humanidade.

A Mentira, usada maciçamente na internet; usada tecnologicamente; usada cientificamente; usada desavergonhadamente. Como foi na eleição de 2018 no Brasil.

O Golpe teve, sim, a colaboração efetiva e decisiva da Justiça, do Poder Judiciário. Teve um juiz, agente da CIA, na frente, traçando a estratégia tecnológica. E teve a experiência anterior do golpe judiciário sobre o presidente Lugo, do Paraguai.

Um golpe científico.

Imagem aérea do Porto de São Francisco do Sul (SC), 2013. Blog do Planalto.

IX. Um desenvolvimento estreitado

Democracia, sim, limpa, a condição primordial.

Desculpem a insistência.

Necessária.

Democracia para enfrentar os problemas brasileiros segundo as prioridades do grande povo desta Nação.

Sim, vale repetir, segundo as prioridades do grande povo desta Nação.

Do grande povo inteligente, alegre, colorido, sonhador, musical e cheio de sentimentos deste grande País. Tão variado nas vastas distâncias do norte ao sul, do leste ao oeste e tão afinado nestes sentimentos chamados no seu conjunto de Brasilidade.

E o problema maior, que ofende a consciência e a moral dos brasileiros justos, que ofende a Nação Brasileira, que a faz reviver todo dia o opróbrio da escravidão criminosamente alongada nos tempos passados, o problema que constitui o desafio vital do nosso País, que o incomoda a todo momento, que estreita a nossa economia, dificulta o entendimento político arrazoado entre o seu povo como um todo, e lhe incute uma sensação de inferioridade perante o mundo, é a questão da enorme, inaceitável, injusta e injustificável desigualdade entre pobres e ricos cidadãos da nossa Pátria.

Problema que o Governo Brasileiro da primeira década do milênio – o Governo Lula-Dilma – mostrou, demonstrou, provou que é possível enfrentar e resolver num prazo razoável.

Sim, desculpem a repetição enfática: decididamente, irrespondivelmente, a redução drástica das desigualdades econômico-sociais é, sem nenhuma dúvida, o maior problema econômico, político e moral do Brasil de nossos dias; as desigualdades afrontosas entre o milhão de ricos e os cem milhões de pobres não podem mais ser mantidas sob o estúpido e vil argumento dos poderes econômicos, que condiciona sua eliminação ao crescimento prévio do bolo da renda nacional. Houve, em passado recente, um Ministro poderoso, inteligente e competente, que corajosamente disse isto que pensava. Hoje, ninguém tem mais coragem de afrontar a verdade e repetir o pensamento daquele Ministro; ele mesmo reconhece seu erro e não mais o repete; ninguém declara, ninguém o expressa abertamente, por vergonha, mas seguem pensando para si, os brasileiros poderosos, atrasados; seguem pensando, defendendo seus interesses, e agindo sob este perverso e falso pressuposto do bolo maior antes da divisão mais justa; da prioridade do crescimento da economia, que a divisão prematura atrapalharia.

Mentira! Mentira repetida por décadas que Lula jogou por terra, anulou com os fatos, com a verdade.

As desigualdades de renda, de bem-estar, de moradia, de educação, de saúde, de cultura, de participação política, de cidadania, de presença, de qualidade, de espécie de vida humana não podem continuar a existir.

São demoníacas, corrompem a Nação pela base moral!

E dificultam enormemente, e verdadeiramente, o Desenvolvimento; cerceiam o mercado interno e empatam o crescimento da economia.

Não podem continuar existindo!

Não podem esperar pelo crescimento do PIB. Sua contínua redução tem que ser a prioridade primeira, maior do Brasil, como o foi nos governos de Lula e de Dilma!

Golpeados por isto mesmo!

E, obviamente, por isto mesmo, essas desigualdades voltaram a crescer depois do golpe! Senvergonhice aberta da nossa elite do atraso que colaborou e executou o golpe da CIA!

Trata-se de uma desigualdade absolutamente imoral, desumana, corrupta no mais alto grau, inaceitável, vergonhosa para o País, muito mais do que todas as chocantes revelações da Lavajato golpista.

E que é passível de ser bem reduzida, dia a dia, ano a ano, esta medonha desigualdade; comprovadamente possível, com vantagem imediata e evidente para a economia do País, como mostrou o período Lula.

E entretanto mantida, desonestamente, inconstitucionalissimamente mantida pelo interesse mesquinho das classes privilegiadas, atrasadas, idiotas, pretensiosas, mantenedoras desses privilégios celerados, criminosamente associadas aos interesses colonialistas do grande capital mundial, que pretende manter um Brasil subdesenvolvido e subserviente, em contraposição traidora aos nossos interesses e aspirações mais afirmativos, justos e legítimos.

E mais: classes privilegiadas enfatuadas na estupidez, cheias de vento, achando-se superiores em visão da realidade, na ciência das coisas, em cultura, em inteligência, até mesmo em patriotismo, com uma vesguice estulta inominável, esta chamada *Elite do Atraso* brasileira. Necessitando, precisando de uma "ralé" para se sentir com certa dignidade superior; sub-conscientes de que não teriam dignidade nenhuma, mesmo esta falsa, se não houvesse a multidão de pobres, indigentes, favelados para contrastar com a sua pavonice.

O insulto das desigualdades econômico-sociais na população brasileira foi o tema talvez mais presente nos pronunciamentos que fiz ao logo dos vinte anos que estive no Senado.

Foi também a principal preocupação da minha curta gestão como prefeito do Rio.

Chegamos a fazer um anteprojeto de urbanização digna das favelas da Cidade (saliento a importância do então jovem economista Ricardo Bielschowsky neste trabalho). Dirigimos uma consulta ao Banco Mundial sobre a possibilidade de obter financiamento para a sua execução e, surpreendentemente (porque o Banco Mundial não financiava prefeituras), chegou-nos uma resposta, em princípio, favorável. O Rio é o Rio, no Brasil, no mundo e no Banco Mundial.

Logo em seguida, veio a falência do Município decretada pelo gorducho e servil Ministro da Fazenda, a mando de um pavão misterioso que odiava o prefeito exitoso que poderia vir a ser governador. Pavão misterioso que comandou a mídia corrupta e entreguista que enfeitiçou tantos generais e almirantes golpistas.

Mas os governos Lula e Dilma do PT demonstraram a viabilidade de uma política eficaz de redistribuição de renda e redução das desigualdades

O senador Eduardo Suplicy lê trecho do livro *Quarto de Despejo*, de Carolina Maria de Jesus, durante homenagem ao Dia Nacional da Consciência Negra, em novembro de 2014. Foto: Gabriela Korossy/Câmara dos Deputados.

em todo o País, e o Brasil, durante a primeira década do milênio, foi praticamente o único país do mundo (nem a China) a realizar uma significativa desconcentração de renda.

Por isto Dilma foi deposta!

Por isto Lula foi preso!

Por isto, sim!

Porque mostraram que não há segredo sobre as linhas principais desta política: o Sistema de Previdência, a melhoria do sistema público de saúde, a Política Salarial, o Salário Mínimo, a Bolsa Família, a Renda Mínima do grande Eduardo Suplicy, o programa Minha Casa Minha Vida, os CIEPs de Brizola, a federalização do ensino médio que Lula faria se fosse novamente Presidente, a multiplicação das universidades públicas e escolas técnicas no interior do País, que fez quando foi Presidente e produzirá enormes efeitos daqui a alguns anos.

Todo este conjunto é absolutamente realista, viável, possível de ser continuado e aprofundado para que, em menos de vinte anos, nosso Querido Brasil seja uma Nação de brasileiros com possibilidades de vida digna, com oportunidades de padrão de vida razoavelmente humano, de acordo com a vocação de cada um.

Isto é realidade demonstrada, algo que já foi experimentado com resultados concretos. E que os golpistas de hoje desmontaram, desfizeram, propositadamente.

E por isto mesmo, por isto mesmo, um dia, um dia vão acabar na cadeia.

Como agentes de interesses estrangeiros.

Que certeza tenho disto!

Certeza como a de que o Brasil realizará seu destino

Brasil, Potência da Paz não é um sonho mas uma viabilidade bem presente, uma questão de decisão política!

Uma viabilidade que se efetivará!

Cerimônia de Batismo da plataforma P-52, 2007. (RJ). Foto: Ricardo Stuckert/Agência Brasil.

X. Apologia das ciências

Sim, está bem, a terceira perna do tripé de sustentação do nosso desenvolvimento – depois da democracia e da redução das desigualdades – é a da economia, o crescimento do PIB, sim, tenho que falar sobre ela.

Primeiramente para dizer que este crescimento não precisa ser chinês nem indiano, nem mesmo o kubitschequiano, que fez a alegria nacional, fez crescer o bolo para todos, bastante, mas concentrou renda e riqueza ainda mais.

Com a demografia de hoje, o Brasil pode perfeitamente crescer seus três por cento ao ano, numa média continuada, por dez ou vinte anos, garantindo a redistribuição e a vida digna aos mais pobres, e ser uma nação feliz, exemplar, uma Potência da Paz.

Tem que cuidar da indústria, obviamente, o setor estratégico do crescimento, com uma política de Estado eficaz de desenvolvimento industrial, de crescimento da indústria nacional, aquela cujas decisões de investimento, de pesquisa tecnológica, de política empresarial sejam definidas no Brasil, segundo a visão e o interesse dos brasileiros. Isto não é nacionalismo retrógrado nenhum, muito ao contrário, é o que fizeram e fazem todos os países ricos, que hoje defendem a globalização.

A qualidade, sim, desta indústria tem muita importância, decisiva importância, na medida em que esta qualidade abra as vias do desenvolvimento criativo tão enfatizado por Celso Furtado. Uma indústria que busque enfaticamente a renovação tecnológica, que faça, use e gere ciência para tecnologias novas, uma ciência criadora no campo industrial.

O Brasil pode muito bem, e deve fazê-lo com urgência, dobrar o seu investimento em ciência e tecnologia, como política de Estado, como condição necessária e quase suficiente de desenvolvimento na linha criativa, aquela que garante independência, durabilidade e eficácia no crescimento produtivo.

Pode, e deve, nesta busca do aprimoramento científico e tecnológico, concentrar esforços específicos, sem prejuízo do esforço geral, concentrar esforços tecnológicos em algumas indústrias estratégicas para as quais a realidade nacional já demonstrou algum avanço significativo.

Petróleo é o exemplo mais flagrante, pelo grande êxito tecnológico conseguido pela Petrobras, mas o setor de energia como um todo mostra um alto nível de criação da engenharia brasileira, inclusive em relação à energia nuclear, com o domínio que já conseguiu da tecnologia de enriquecimento do urânio e o avanço que resultará da construção do submarino nuclear. Assim também nas energias alternativas, solar e eólica, a vocação do Brasil evidencia grandes e brilhantes oportunidades.

O setor de produção de fármacos e medicamentos é outro vasto horizonte que se abre a uma competência já demonstrada pelos empreendimentos brasileiros que podem contar com o consistente apoio tecnológico da Fundação Oswaldo Cruz.

A biotecnologia, aliás, pode ser a chave da resposta ao outro grande desafio a ser enfrentado pelo esforço de desenvolvimento brasileiro, que é o do modelo especial para a Amazônia: um desafio maior ainda do que o do nosso crescimento industrial; um desafio que só será resolvido com o esforço nosso, com a ciência brasileira. Isto mesmo: o desenvolvimento da Amazônia só será resolvido pela ciência brasileira, a Ciência Amazônica Brasileira!

Uma responsabilidade, ademais, que é eminentemente brasileira, o desenvolvimento da Amazônia, que ainda não foi encarada pela nossa política com o grau de prioridade que tem, muito muito alto, pela extensão da área e pelas consequências que terá em termos de desenvolvimento global do País. Prioridade também para o mundo em termos de novos horizontes do conhecimento deste nosso planeta injuriado.

Não falei dos setores primário e terciário, mas é evidente que a eles se aplicam as mesmas recomendações de aperfeiçoamento científico-tecnológico, que aliás já avançou bastante na agricultura, com a presença da Embrapa, e naturalmente avançará nos serviços ligados à indústria, em paralelo ao próprio desenvolvimento industrial.

Os serviços de transporte requerem, sim, uma atenção especial, em decorrência de um grave abandono das ferrovias, e do insubstituível papel que desempenham no transporte de grandes produtos a grandes distâncias, tão frequentes em nosso território.

Da mesma forma, os transportes públicos urbanos são atropelados, em nossas cidades, de forma vergonhosa pelos mesmos interesses e lucros das multinacionais montadoras de automóveis.

Lançamento do Banco do Sul, com a presença dos presidentes Rafael Correa (Equador), Evo Morales (Bolívia
Nestór Kirchner (Argentina, acompanhado de Cristina Kirchner), Lula (Brasil), Nicanor Duarte Frutos (Paragu
e Hugo Chávez (Venezuela). Foto: Presidência da Nação Argentina, 08/12/2007.

XI. Brasil, potência da paz

Sim, ainda, outro ponto muito importante para a realização da grande construção nacional do nosso Brasil: sua inserção no mundo dos poderes, dos conflitos, neste mundo endinheirado que fabrica armas cada vez mais eficientes para matar e, dia a dia, trabalha cuidadosamente a destruição do nosso Querido Planeta.

Conta com muitos admiradores este mundo: gente que gosta de armas e de guerras; gente que gosta de matar.

Vi fotografias excelentes da revista *Life* tiradas na Alemanha no tempo em que os nazistas dominaram a Polônia, a Tchecoslováquia, a Áustria. a França, a Bélgica, a Holanda, a Dinamarca e a Noruega, a Grécia e todos os Balcãs, praticamente toda a Europa, exceto os países fascistas, aliados de então: Itália, Espanha e Portugal. O espírito vitorioso, orgulhoso, ovante do povo alemão que salta daquelas fotos; as aclamações maciças, a adoração ao Führer daquela massa compacta e ululante, que entra pelo coração do leitor, leva-o à estupefação daquele que nunca viu nada igual: a veneração ao guerreiro, ao vitorioso na guerra; na guerra de agressão, imperialista, guerra de dominação, não numa guerra de defesa de país atacado.

Eu vi.

A Alemanha, naquele momento, era o centro do mundo. Centro vitorioso e imbatível.

Mundo-Centro e Mundo-Periferia, Mundo Rico e Mundo Pobre, Mundo Forte e Mundo Fraco; o mundo é dividido pelas relações econômicas e militares, pelas mandanças do dinheiro e das armas;

O Centro produz as ideias e as dissemina, tem o poder da Grande Mídia, produz a ciência, tem dinheiro para investir nela, as inovações interessantes juntamente com as destrutivas, o modelo consumista, e a Periferia copia o Centro no modelo e no consumo, nas ideias sobre o ser e os valores da vida.

Merda, que a gente por fora não pode fazer nada. A gente vê, a gente sabe, mas a gente não pode. Prestes, Lula, Chávez, Mujica, Perón, Guevara, Brizola, tantos, outros, grandes, todos, e nada. Só Fidel fez. Fez um mundo diferente, o mundo das coisas importantes para todos sem riqueza.

Fez. Está lá. Para ser visitado. Para ser estudado e analisado: o Ser socialista? Será? Em tão pouco tempo? É muitíssimo importante conhecer Cuba e estudá-la.

E há, ainda, uma extensa e povoadíssima área do planeta que não se enquadra nesta bipartição principal; refiro-me àquela que compreende os dois maiores países do mundo, a Rússia e a China, à qual se deve agregar a Coreia do Norte, ou quem sabe as duas Coreias, e o Vietnã. São as nações que restaram do antigo Segundo Mundo, na repartição que prevaleceu no século passado, que compreendia três mundos: o primeiro, o capitalista rico; o segundo, o mundo socialista; e o terceiro mundo, o nosso, o subdesenvolvido.

Não importa o teor das classificações; importa reconhecer que somos, nós brasileiros, somos periferia, isto é, estamos fora da vanguarda e do comando do mundo. E não somos parassocialistas, daquele mundo à parte; pertencemos mesmo ao mundo subjugado. Periferia de verdade. Capitalista. Todavia, para os nossos objetivos, ademais de reconhecer o real importa mais caracterizar, no projeto nacional que Celso Furtado tanto destacava, caracterizar e definir o que nós queremos, nós brasileiros. A partir do que somos, o que queremos? Não o que sonhamos, mas o que realisticamente queremos; politicamente, objetivamente queremos.

Queremos realizar um formidável crescimento econômico que nos transporte ao planalto dos países do Centro?

Celso nos mostrou que os países que conseguiram realizar esta façanha com algum retardo – Alemanha e Japão no século XIX, e a União Soviética no XX, fizeram-no sob governos fortemente autoritários ou ditatoriais, pagando um preço em termos de felicidade de gerações que, provavelmente, os brasileiros felizes de hoje não aceitem. Possivelmente nem os pobres e infelizes.

Celso Furtado não teve tempo de vida para analisar, com o mesmo cuidado, os casos mais recentes da China e das Coreias (norte e sul). Mas o governo da força, sem democracia – e ainda mais a forte ajuda americana no caso da Coréia do Sul – foram, sem dúvida, fatores presentes que em nada agradariam os brasileiros de hoje, ademais da baixíssima probabilidade no que tange à ajuda americana para nós.

Quero chegar a dizer, afirmar mesmo, a minha opinião, a minha, pessoal, a opinião de que não devemos acalentar ou estimular esta vontade de pertencer ao Primeiro Mundo, como um país rico e consumista igual a eles.

Que é possível ser uma nação digna e respeitada, de gente feliz, sim, de gente feliz, com uma renda na faixa média, um pouco maior do que e nossa, para facilitar a eliminação da miséria, o fator decisivo.

Esta é uma decisão política. Eminentemente política; decisivamente política; uma questão de vontade nacional, uma definição fundamental, essencial, de vontade do povo do Brasil.

Oh, e que coisa difícil dizer isto, sustentar isto, e mostrar que há outros caminhos de uma vida digna com felicidade nacional e prestígio internacional. Dificuldade quase intransponível, dizer isto com uma imprensa (mídia toda) que vive da propaganda do consumismo, e com a impregnação que, além da burguesia nacional, já contaminou praticamente a totalidade do nosso povo carente: o consumismo como felicidade.

E, mais, olha que coisa mais difícil, a exigência adicional obrigatória: sustentar a viabilidade de uma vida geral feliz numa nação com renda per capita média exige, como condição absolutamente necessária, exige uma distribuição muito mais justa, não tão desigual desta renda global. Questão magna, problema principal, tão difícil, que desafia a nossa política e tem provocado golpes de Estado e prisões de líderes políticos, como Lula.

Entretanto, é necessário, mais que nunca, dizer a verdade de cada um, em busca da verdade de todos, e não ficar sempre a repetir falsas promessas e seguir interesses manipuladores da mídia.

Pensar.

Livre pensar, enquanto existe.

Pensar a Política.

Na Política está o Destino da Nação.

Todos, cidadãos, somos políticos.

É nosso dever – não apenas nosso direito – ter interesse pela política, acompanhar a política, discutir a política, participar da política, além de votar nas eleições.

O Desenvolvimento é um problema e um processo político.

A Nação é uma realização política!

A Nação Brasileira é uma construção política do povo brasileiro. Da vontade do povo brasileiro. Hoje ainda amarrada e dirigida pela técnica dos mandantes do dinheiro, na sequência da estupidez da escravidão, mas, assim mesmo, avançando, vontade do povo formada na História e evoluindo libertada pela iluminação política da democracia.

A formação desta Vontade é que tem que ser sempre mais democrática, mais abrangente, mais cultivada e promovida, menos manipulada e mais verdadeira; muito mais do que ainda é hoje. Vontade que emerja de um consenso forte. Mas um consenso democrático, bem democrático, isto é, um consenso de paz e entendimento, de conversa ampla e debate livre; não imposto pelos grandes interesses através da mídia, da força e dos interesses da mídia: um verdadeiro consenso profundo construído pelos brasileiros em clima de paz. O que pressupõe, o que exige, como condição absolutamente necessária, uma certa mínima igualdade entre as pessoas, entre os cidadãos, entre os brasileiros.

E, vejam bem a causação circular e a ligação entre as condições: a democracia verdadeira exige uma igualdade mínima e a igualdade só de forma na democracia plena.

Mas há também uma evidência que grita aos nossos ouvidos: uma nação das dimensões do Brasil, se encontrar uma verdadeira paz interna,

Fotografia do então primeiro-ministro cubano, Fidel Castro, chegando a Washington em 15 de abril de 1959. Foto: Warren K. Leffler/ Biblioteca do Congresso dos Estados Unidos.

neste mesmo momento, momento em que conseguir realizar e consolidar internamente o clima de paz democrática, será imediatamente, automaticamente reconhecida, entre as outras, como uma Potência da Paz.

Brasil Potência da Paz – eis um Projeto Nacional digno da nossa grandeza, material e espiritual; multirracial e multicultural.

Saturnino Braga, eleito senador pelo Rio de Janeiro, em 1975.
Acervo fotográfico da Coleção Memória da Assembleia Legislativa de Minas Gerais.

XII. Vivi e amei, sou brasileiro

A vida.

Toda; a minha vida e a dos outros.

Todos.

Os humanos, principalmente.

Claro.

Sim, o amor à vida transcende o amor à amada, o amor à minha terra e à minha gente.

Acho que é assim o amor no Brasil.

Por quê?

Não sei ao certo mas sinto assim, talvez por querer meu; talvez, mais uma vez, pela questão da simplicidade. Ou do sentimentalismo brasileiro.

Puro brasileirismo.

"Oh, como é diferente o amor em Portugal..."

Eis uma bela sugestão: assistir a *Ceia dos Cardeais*: o requinte e a simplicidade.

É vida, enfim, é o milagre de Deus que não se decifra, é força metafísica que se desdobra e produz outras, e se amolda a novas espécies, evolui, o brasileiro é muito evolutivo. Venera uma energia de origem divina, achamos, a do amor, completamente inexplicável, mas nascida de Deus, com a própria vida, as pedras não amam. E toda espécie de vida é amor, mas, claro, a vida humana é a nossa, não sei se é o milagre maior, mas é a nossa, compartilhamo-la.

Compartilhemo-la, pois.

Convictamente, com amor. Que é vida; a água e o ar também não amam. Que é a manifestação maior da vida, sua replicação.

Não sei se consegui no tanto que queria, que sempre quis; só sei que vivi e amei; sou brasileiro.

Tive cortada minha vida política, abruptamente, minha vida de ação política por amor, propositadamente, precisamente por isto mesmo, porque ia muito bem cheia de compartilhamento e de amor.

Chorei muito esta violência.

E, entretanto, oh, foi minha literatura, foi minha abertura de amor pela palavra, nos anos da madureza.

O ar, o mar, o Rio, o sol.

Os meus. A gente minha, da minha casa e da minha cidade; do meu País; e o seu sabor, o seu odor, o seu requebro e o seu amor.

O seu saber maior, que está no seu viver.

O meu Querido Brasil.

O meu querido Rio de Janeiro, seus tamoios, seus franceses, os que primeiro amaram a Guanabara: Nicolas Durand de Villegagnon, a França Antártica.

Estácio de Sá.

De Sá.

Só de Sá, não de Benevides.

O Morro do Castelo que não conheci, o Comandante Estácio, herói da Cidade, lá plantou; flechado no rosto, coitado, logo no rosto, morreu fundando.

Morreu mas fundou.

No Morro do Castelo.

Ali o primeiro Palácio da Cidade.

A primeira escola, dos jesuítas.

A primeira igreja, a Catedral.

As primeiras construções.

Moradia e administrações.

Tudo posto abaixo nos anos 1920, em nome da tal da modernidade.

Criminosa.

Não sei se houve protestos.

Eu não era nascido.

O Morro do Castelo.

Os favelados, os do morro de hoje, são descendentes dos de Sá. Descendentes que cumprimentei com respeito e agregação, com vera admiração; com eles fui eleito e exerci em nome deles. Com amor.

Eu e Brizola.

Melhor, Brizola e eu,

Contra o ódio da Globo.

Nasci no início dos anos 1930, os anos da grande Revolução que verdadeiramente implantou a República do Brasil. Nasci um mês antes do Cristo Redentor ser inaugurado, iluminado pelo Papa, graças às ondas evangélicas de Marconi.

Fui político. Como meu pai e meu avô Ramiro, dos quais muito, muito me orgulho.

Fui político sem mídia, que coisa difícil, meu nome nunca aparecia porque a Globo vetava e comandava, os outros seguiam.

A cada eleição, havia o programa do TRE e eu aparecia, dava conta do mandato anterior e falava sobre o futuro. E era reeleito. Apesar do gelo da Globo. Quarenta e cinco anos, socialista, deputado federal, senador três vezes, prefeito do Rio e vereador,

Votei, pela primeira vez, em Getúlio Vargas, em 1950. Que altaneria: segui sempre nesta linha.

Oh, tanta coisa bela e indecorosa que vi e que vivi, buscando sempre a elevação do ardor e da paixão, no Rio onde cresci e em Brasília onde falei.

Sem eloquência – não tive – em busca da razão.

Observando e comentando as vergonhas e as probidades da nossa gente, da nossa Política, da nossa História.

Sempre com fé.

A vergonha maior: as categorias de cidadania, o brasileiro rico e o brasileiro miserável; o brasileiro branco e o brasileiro preto. Todos sabem que estas diferenças vêm da vergonha maior de outros tempos, a escravidão.

> Deus, ó Deus,
> Onde estás que não respondes
> Em que mundo em que estrela tu te escondes
> Embuçado nos céus.
> Há dois mil anos te mandei meu grito
> Que embalde desde então corre o infinito.

Nosso maior poeta.

A voz maior da nossa gente e sua vocação de amor.

De paz. De conversa. De entendimento. De cultivo da razão e da paz, não do conflito físico, armado. Peleja pela paz, Nação da Paz; Potência da Paz.

Brasil, Potência da Paz.

Araci de Almeida. *A Cigarra Magazine*, Rio de Janeiro, 1945.
Hemeroteca Digital da Biblioteca Nacional.

XIII. Pelas ondas do rádio

Estou ainda no espaço e no tempo, não sei o que é o espaço-tempo.

Menino, escutei o rádio no alvorecer daquelas ondas no Rio: o Programa Casé, o Picolino, Alvarenga e Ranchinho, Ari Barroso no programa dos calouros, ele mesmo irradiando o futebol e torcendo abertamente para o Flamengo, ele e Gagliano Neto, que era neutro: para sua felicidade, um lar; para seu lar, um título da Pró-lar. Depois veio Oduvaldo Cozi.

Menino de uns dez anos, tive uma doença chamada difteria, ou crupe, este outro nome não sei por quê. Era grave, não me diziam abertamente, mas eu sentia pelos cuidados, a saúde pública em casa, eu isolado dos outros, até meu irmão foi morar com meus avós.

Sabia que era grave, mas não tinha o medo de morrer que hoje tenho. Não me passava pela cabeça.

Só tive que me conformar à solidão. Não ia para a rua.

E então eu ouvia muito rádio, conhecia os programas, escutava as músicas, aprendia e cantava.

Eu cantava. Sempre muito afinadinho. Imitava cantores e cantoras.

Orlando Silva: "vem Jardineeira, veeem meu amor". Aracy de Almeida: "trabalho, não ganho nada, não saio do miserê, aiai meu Deus, isso é pra lá de sofrer."

Com a voz dela e tudo.

Cantava.

Lia muito, estudava acompanhado por minha mãe; o Tesouro da Juventude; quando voltei à escola, não tinha perdido nada. Fiz o Admissão com nota dez e pronto.

Desenhava, fazia quebra-cabeças, muitos de fabricação de meu avô, que eram primorosos, os melhores. Comecei um pouco de carpintaria. Li os livros de Monteiro Lobato, lia muita história em quadrinhos, seus heróis, o Fantasma Voador, Mandrake e Lothar, Brucutu, Ferdinando (Li'l Abner).

O tempo passou, coisa de um ano, e eu não senti, acostumei-me à solidão, minha mãe e minha babá em volta, comecei a me interessar por selos, colecionar selos, estudar filatelia, com catálogos (Yvert Telier), pinça, filigrana, odontômetro, uma ciência, que depois, quando voltei curado ao convívio, continuei a praticar, compartilhando-a com Oswaldo, um amigo da vizinhança que não era da turma de rua, era esquisito, isolado, tinha um pai rabugento e uma irmã pianista.

Eu também era um pouco esquisito, embora participasse da turma da rua. Era gordinho, branquinho, lisinho, bobinho, era abusado pelos mais velhos, me passavam a mão.

Por isso mesmo não ia muito à rua, ficava nos selos, com Oswaldo.

Mas ia, também, forçava-me e enfrentava o mal-estar. Meu irmão me defendia, às vezes brigava por mim.

Vi chegarem os automóveis: jogávamos futebol na rua Toneleros, eu sempre joguei mal, por isso mesmo não gostava muito; mas forçava-me e jogava; para participar. Em plena rua Toneleros, entre Otto Simon e República do Peru. De vez em quando, um gritava: para, para que vem um carro. A gente parava, o carro passava e a gente continuava a partida.

Meu pai comprou seu primeiro carro, que era um Ford 1936. O vizinho, pai de Pedro e Raul, já tinha um Chevrolet 35.

Durante a guerra, de 40 a 45, só havia gasolina para taxis e ônibus. Os carros todos ficaram nas garagens. Depois veio o gasogênio, uma trambusana colocada atrás dos carros, que os fazia funcionar a gás.

Muito depois vi chegar a televisão, a Tupi, que funcionava das 18 às 22 horas. Aparecia no final um indiozinho e tocava o boi da cara preta, antes de apagar.

Uma noite, nos anos 1950, vi uma aparição que me impressionou, uma entrevista do governador de Minas, candidato a candidato à presidência da República: Juscelino Kubitscheck. Escutei até o fim: que cara formidável, pensei quando acabou.

Claro que votei nele.

Viajei tranquilo num DC-3 da Panair, para São Paulo, também naquela década de 50. Um aviãozinho seguro, não caía; depois apareceram os Constelations.

Fui matemático, nota dez, físico também, na Escola de Engenharia, porque os cursos de matemática e de física na Faculdade de Filosofia não eram bem considerados.

Fui cantor de bela voz e musicalidade, fui escritor, participei da Juventude Comunista e finalmente fui político, do Partido Socialista, por opção.

Ary Barroso em 1939. *Revista da Semana*, nº 44, 1939.
Hemeroteca Digital da Biblioteca Nacional.

Hoje não vejo televisão, escuto pouco rádio, Rádio MEC, ainda sou músico, leio jornal de papel, não tenho celular e não entro em Facebooks. Sou um cara fora do mundo. Espero tranquilo o meu fim. Caminho todo dia, 40 minutos, pela orla marítima, e respiro o ar do mar que é fino e traz os sais da vida. Ou pela Selva de Pedra, belo espaço residencial bem arborizado com uma aprazível praça interior. Outrora ali habitou uma grande favela, a Praia do Pinto, que ia até a beira da Lagoa. Conheci bem.

Foi retirada à força e jogada em Bangu. Dom Helder conseguiu que alguns poucos remanescessem no Leblon e construiu a Cruzada São Sebastião.

Tenho memórias e afetos nesta minha cidade. Escrevi *Joias do Rio*.

Baía de Paraty, 2006. Wikimedia Commons.

XIV. Dos meus amores

E passeio pelo meu Estado do Rio.

Muito.

Conheço-o todo, de várias campanhas,

Vou a Paraty, longe pra cachorro.

Mas compensa.

Pela História, pelas construções do centro antigo. Faz a famosa Festa Literária. Nunca participei porque é promovida pela Globo. Sou expulso.

Vou a Raposo, pro outro lado, uma estância de água mineral, lá bem no norte do Estado, município de Itaperuna; longe pra cachorro.

Mas compensa. Pela paz. Pelo silêncio; pelo pensamento.

Pela água.

E viajo pelo meu Brasil. Também muito.

Só não conheço o Acre, mas ainda vou lá.

Os rios da Amazônia: caudais.

Sem iguais.

O Dilúvio com certeza caiu por ali, não no Oriente Médio.

Nadei no Negro, no Madeira e no Tapajós. Dei braçadas no próprio Amazonas. Namorei os botos delicados da Sinhá. Sentei-me na areia de Alter do Chão. Com Eliana, que saudade, como dói. Comi a costela do tambaqui e o filé do pirarucu. Escutei os sons da floresta, o canto do uirapuru e os outros dois mil e quinhentos cantos, dos pássaros, das folhagens e dos ventos da mata densa, parado no silêncio da canoa, no meio das árvores, dos milhões de árvores, sem ver o céu. O coração manauara. O projeto Mamirauá. O museu vivo do Ênio Candotti e o Poema Brasileiro de Thiago de Mello. Oh, metade deste enorme Brasil!

Os Teatros Amazônicos. Os dois.

Caruso?

Acho que não. Mas vi músicos russos, bons instrumentistas, expulsos pelo traidor bêbado, tocando em Manaus lá pelos fins dos mil e novecentos.

Belém do Pará; tucupi no tacacá; e as mangas saborosas pelo chão.

Peguei um ita no norte.

A gente de hoje, que ainda ama Caymmi, não sabe mais o que é um ita.

Da Companhia Costeira.

Não sabe que Henrique Laje, o dono, o homem mais rico do Brasil, apaixonou-se pela Gabriela Bezansoni quando a viu cantando a Habanera da Carmen, casou-se com ela e construiu o casarão do Parque Laje, no Rio, para ela morar.

Vou sempre lá.

Ananindeua, acho o nome bonito. Muito Brasileiro.

Santarém é português.

Tucuruí, meu Deus!

E o Araguaia, um rio lindo, perigoso e traiçoeiro, com a memória da guerrilha dos inocentes e da brutalidade dos repressores, os assassinatos que sempre serão lembrados.

São Luís é francesa e requintada. Era Luís XIII, o Rei na época (início do sec XVII), era a França Equinocial, depois da França Antártica de Villegaignon, os franceses sempre gostaram do Brasil, mas a homenagem ao que parece foi dirigida mais para Luís IX, o Rei-Santo, São Luís.

Só não tem mais nada daquele tempo; tem algum azulejo português, muito bonito; e tem o centro histórico, tombado e merecido: patrimônio Cultural da Humanidade.

E tem a política: nos primeiros anos do meu tempo, Vitorino Freire, o chefe absoluto do PSD; depois o grande brasileiro Renato Archer, o combativo líder da esquerda, Neiva Moreira e… o competente José Sarney, que tomou conta de tudo, tal qual o Vitorino.

Agora tem Flavio Dino, um líder forte, nacional, competente, uma revolução para o Brasil.

E tem um Maranhãozão pra baixo, pro sul enorme, que eu não conheço. No colégio primário, aprendi que o babaçu era um meio de vida daquele povo. Era.

E o Piauí. Conheço um pouco do sul, sim, do Piauí – Teresina, Floriano, e a Serra da Capivara, o Parque Nacional, as inscrições rupestres, a arte dos brasileiros de cinquenta mil anos ou mais, o impulso humano da arte, da representação da vida, o primeiro beijo desenhado no Brasil, eu acho, nas Américas, no mundo, os veadinhos, mãe e filho correndo, a Doutora Niède, extraordinária. Ponto obrigatório de conhecimento dos brasileiros.

Ponto obrigatório que pouca gente conhece: ninguém vai lá. Preferem Miami.

Bobos.

Fortaleza, sim, conheço a Praia de Iracema, além, muito além daquela serra que ainda azula no horizonte, nasceu Iracema, a virgem dos lábios de mel e dos cabelos mais negros do que a asa da graúna. Mas não conheço o Ceará, o vale do Jaguaribe, o mundo do Padre Cícero, a vastidão do velho sertão comum a todo o Nordeste. A terra seca, que arde qual fogueira de São João, em tamanha judiação.

Não conheço nada deste nordestão: só as capitais e suas belas praias – cuidado com tubarões – e os peixes mais saborosos do mundo, além das lagostas de Natal.

Recife conta a História do Brasil, no parque dos Guararapes, o campo da decisiva batalha pintada por Victor Meirelles; conta a História na colina de Olinda, portuguesa, mais antiga, onde ainda está o velho seminário: Ó linda situação para se erguer uma cidade! Conta a História nas pequenas ruas antigas do centro holandês, com a primeira sinagoga das Américas. Os judeus, expulsos pelos portugueses, compraram dos índios a ilha de Manhattan e fundaram Nova York. Quanta História naqueles embates, na traição honesta de Calabar, nas águas abundantes dos rios Capiberibe e Beberibe e seus sobrados que parecem da terra de Nassau. No Páteo de São Pedro e nas igrejas de ouro, brasileiras. Na velha Faculdade de Direito, a primeira do Brasil, que formou gerações de grandes líderes, e no Teatro Santa Isabel, onde Castro Alves eletrizou a cidade com seus versos que clamavam contra a escravidão: "Deus, ó Deus, onde estás que não respondes?" Antonio

Frederico, o Gênio Condoreiro, o Poeta Brasileiro, reprovado na Faculdade, colega de Rui Barbosa que era o melhor aluno, quem diria? Nascido na Bahia (o outro também), seu espírito esvoaçou mais alto no Recife, onde amou Eugênia Câmara (uma noite, eu me lembro, ela dormia...) e bradou o Navio Negreiro (estamos em pleno mar, doido no espaço brinca o luar...).

Recife tem Fundações culturais que desenvolvem e irradiam o brilho da memória e das ideias de Joaquim Nabuco e de Gilberto Freyre. Tem o incrível, estupendo museu do Brennand, a moderna universidade e o tradicional restaurante Leite, onde a sobremesa é o Cartola. Tem a ponte do Pina e a infinita praia de Boa Viagem.

O frevo, o carnaval, os bonecos de Olinda.

Tudo isso é Recife, e tem ainda a bela bandeira da Confederação do Equador e o espírito inesquecível de Frei Caneca.

Recife, vou lá, sempre. Desde 1954, quando assisti, jovem, a bela festa dos trezentos anos da Restauração. Havia uma jovem senhora que nunca esqueci.

Inolvidável.

Todo o litoral do Nordeste tem o encanto da Brisa do Brasil que o beija e balança.

Em Salvador, o Pelourinho conta toda a história, desde o Boca do Inferno (Gregório de Matos) até Maria Betânia e Caetano e Gilberto Gil.

O hálito do amor recende na cidade no arfar natural de cada moça-mulher.

A UFBA. Koellreutter andou um tempo por lá, formando músicos. Como formou no Rio, em São Paulo, na Índia e no Japão. Acho que não formou Caetano e Gil, que faziam filosofia: a Tropicália foi um movimento filosófico.

Cabral descobriu o sul da Bahia, as praias do paraíso que os índios adoravam, e os turistas de hoje. Índios e índias, com suas vergonhas à mostra, assistiram a primeira missa no Brasil, como Victor Meirelles mostrou.

Caramuru. Descendo dele – meu avô de mãe aventou e confirmou.

Mais abaixo, o Espírito Santo, o da Santíssima Trindade. Desde as praias monazíticas, que curam qualquer reumatismo, até o Pico da Bandeira no parque do Caparaó, na divisa com Minas, que era o mais alto quando aprendi na escola. E na verdade ainda o é, já que o da Neblina ninguém nunca consegue ver, está sempre encoberto.

Houve, lá em cima, dentro do Parque, nos anos 1970, uma tentativa de guerrilha brizolista, na qual, felizmente, ninguém se machucou.

Lá de cima desce a grande ferrovia da Vale do Rio Doce que traz o rico minério de Minas Gerais e o joga nos enormes graneleiros no porto de Tubarão, lembrando todo dia o nome de Eliezer Batista, jovem ministro de Jango e construtor daquilo tudo, e de seu discípulo, Marcos Viana, o de Tubarão, que foi depois o maior presidente da história do BNDE.

Bem; falo da Vale daquele tempo, estatal, orgulho nacional.

Depois foi privatizada, no fim dos mil e novecentos, vendida a preço de banana, e passou a pensar mais em lucro, como qualquer empresa privada, sem se importar muito com a segurança de suas barragens (o que poderia diminuir o lucro), dando no que deu: Mariana e Brumadinho.

Ainda tem a grande Cachoeiro do Itapemirim, grande pela bela voz do Roberto, e, logo abaixo, bem ao sul, o Itabapoana, que faz a divisa com o Rio. Eu bebi, lá no Caparaó, água fresca da nascente do Itabapoana.

Então, finalmente, a terra dos Goitacazes, bravios, os Campos dos Goitacazes, planos, verdes, férteis da lama do Paraíba, a primeira cidade da

América do Sul a ser iluminada com energia elétrica! A cidade do açúcar, a mais progressista do Brasil no tempo de Saturnino Braga, o Sadorninho que veio de Braga menino e fez fortuna lá. A cidade de Nilo Peçanha, o Presidente da Educação, líder do deputado Ramiro Braga, neto do Velho fundador e meu avô.

A cidade de José do Patrocínio, herói da Abolição.

Lá houve luta de morte entre capangas e escravos rebeldes. Luta crua, eu sei. Incêndios nos canaviais e escravos lutadores metidos no forno ainda vivos.

Veio a Abolição e veio o atraso. Usinas falidas, canaviais feitos pastos; cidade velha de ruas estreitas, a Praça São Salvador e a rua Treze de Maio, mais larga, vitoriosa, o casarão que foi da minha avó e do meu tio-avô, irmão dela. O casarão das festas de Santo Antônio, das festas de São João, fogueira, fogos, balões e quadrilhas, facas nas bananeiras, oh que festas, que alegria de eu menino!

O casarão derrubado, vi desolado.

Na estrada para Tocos, ainda se vê a ruína da Fazenda Velha, onde viveu o Fundador e todos nasceram: resta só a torre da igreja, no meio das canas. A igrejinha que foi dedicada a Nossa Senhora da Conceição, a devoção do Velho: voltando do Rio, certa vez, o pequeno navio naufragou na foz do Paraíba (não havia ainda estrada), e o Velho Sadorninho não sabia nadar. Clamou por Nossa Senhora da Conceição e apareceu-lhe uma tábua. O Velho salvou-se e mandou erigir a igrejinha. Está lá, ainda de pé, vazia, sem nenhum santo, mas de pé.

Seguindo o Paraíba para cima, vem São Fidélis, a terra do Barão da bandeja; vem Cambuci (o famoso discurso: querido povo cambucetense…), vem Itaocara, Além Paraíba, Sapucaia, Três Rios, Paraíba do Sul (a velha ponte de ferro), Vassouras (o fastígio do café), Barra do Piraí, Volta Redonda (símbolo nacional), Barra Mansa e Resende; o Paraíba sustenta o peso do Estado do Rio, tal uma coluna vertebral, ademais de lhe dar a água de beber e de viver.

Eu também já nadei no Paraíba.

A maior fronteira do Rio é com Minas Gerais – quem te conhece não esquece jamais!

Se eu não fosse do Rio, queria ser mineiro como José Aparecido. Queria ter nascido em Conceição do Mato Dentro, falar com aquele sotaque, com aquele modo jeitoso de convencer, morar em Belo Horizonte, no centro do Brasil, ir à missa na Pampulha, ser professor na Universidade Federal, namorar as moças mineiras, dançar no Grupo Corpo, viajar nas férias pela Estrada Real. Até Diamantina, passando por Conceição e pelo Serro.

Juiz de Fora, terra da minha avó Maria Eugênia e do Itamar, era a primeira parada em Minas na estrada para Brasília, onde, em 1960, comi pela primeira vez um pão de queijo. Terra onde ficava o famoso Colégio Grambery, onde meu tio-padrinho Júlio estudou internado. E contava que todo dia, às seis horas da manhã, os alunos eram acordados e obrigados a um banho de imersão, atravessando uma piscina de água fria, gelada no inverno, de quinze metros de comprimento.

O Grambery; não sei se Itamar estudou lá.

Meu avô era de Sete Lagoas, que era mais ou menos a metade do caminho, onde a gente costumava parar e dormir na viagem de carro para Brasília. Depois eram distâncias enormes, Paraopeba, Três Marias, no São Francisco, onde se comia o mais delicioso peixe, o surubim na brasa, que saudade. Depois distâncias ainda maiores, João Pinheiro, Paracatu e, finalmente, se chegava a Goiás, era um alívio, ainda que faltasse muito.

Minas é um país!

As cidades históricas, os Profetas do Aleijadinho em Congonhas; a Serra da Canastra, a Serra do Cipó, a Serra do Espinhaço, os lagos de Furnas e Três Marias, o Triângulo Mineiro, Araxá e Poços de Caldas; Barbacena, tão fria e cheia de flores, Conselheiro Lafaiete, Santos Dumont, a antiga Palmira dos queijos. Ubá, São Pedro dos Ferros, cheio de bois lá quase no fim da Leopoldina, Cataguases, Carangola, a Rio-Bahia, Muriaé, Governador Valadares, Teófilo Otoni; Monte Verde do outro lado, a cidadezinha formosa. Minas não tem fim, a gruta de Maquiné, a gruta de Lagoa Santa, do Lund, e o milagre de Inhotim, um fazendeiro teimoso fez aquilo.

É um país.

Que faz fronteira com o centro-oeste, dá acesso ao Brasil Novo, o que mais cresce, o de Brasília, patrimônio mundial de Niemeyer e Lúcio Costa onde morei, monumento e frase de Juscelino Kubitschek, com o Catetinho histórico.

O Brasil da Chapada dos Veadeiros, de Goiás Velho, da Cora Coralina, do Araguaia com a ilha do Bananal, do Tocantins e do Jalapão, dos dois Matos Grossos e do Pantanal, de Bonito e da Chapada dos Parecis, da viagem que eu nunca fiz, pela Estrada de Ferro Noroeste do Brasil, que entra pela Bolívia.

De Minas para o sul é a Paulicéia Desvairada, dos Bandeirantes que descobriram e tomaram o Brasil, do Anhanguera que tocou fogo na água dos índios; do Patriarca cientista que tramou a independência conversando em alemão com a Imperatriz; da irresistível Domitila, do Grande Simonsen, que apontou para a industrialização antes da CEPAL, da Semana de Arte Moderna, do *Rei da Vela, tupi or not tupi*, de Mario de Andrade, do Conde Matarazzo, de Ulysses Guimarães e Severo Gomes, de Lula, o grande Presidente que saiu de Pernambuco em pau-de-arara.

Oscar Niemeyer, no seu estúdio, em 1968.
Foto: Giorgio Mondador/Wikimedia Commons.

É o Brasil desenvolvido.

Depois o Paraná, de Requião. Curitiba teve um grande prefeito, de nome Lerner, Jaime Lerner, nome internacional pela competência.

Para o sul, o Desterro, hoje Floripa, muito atraente, o Doutor Blumenau, o vale bonito que imita o Reno, São Joaquim lá no alto, a terra das maçãs gala, onde neva no inverno, o Chapecoense, a Sadia, e Lages, frio pracachorro!

Por fim, os gaúchos, a gadaria, o gadame, o cavaleiro, o poncho para o frio, o chimarrão, o vinho italiano, os alemães cervejeiros, Novo Hamburgo e São Leopoldo, o Chuí lá no fim, Santana do Livramento e Rivera com o Uruguai; Uruguaiana e Passo de los Libres, com a Argentina; São Borja e a História do Brasil; Pelotas, a Atenas brasileira onde Antonio começou sua vida de professor; Bagé, de Brossard e de Alceu Collares; Carazinho de Brizola, Bento Gonçalves dos vinhos, Porto Alegre de toda a família de Eliana, do Fórum Social Mundial.

O Brasil.

Do meu amor. Terra de Nosso Senhor.

Sei falar dele porque o conheço.

Alameda nas redes sociais:

Site: www.alamedaeditorial.com.br
Facebook.com/alamedaeditorial/
Twitter.com/editoraalameda
Instagram.com/editora_alameda/

Esta obra foi impressa em São Paulo
na primavera de 2019. No texto foi
utilizada a fonte Minion Pro em corpo
11,5 e entrelinha de 14,4 pontos.